今晚有貓伴身邊

3

YORU HA NEKO TO ISSHO

KYURYU Z

咕嚕Z

CONTENTS

登場人物與貓

喜歡在奇怪位置休息的貓

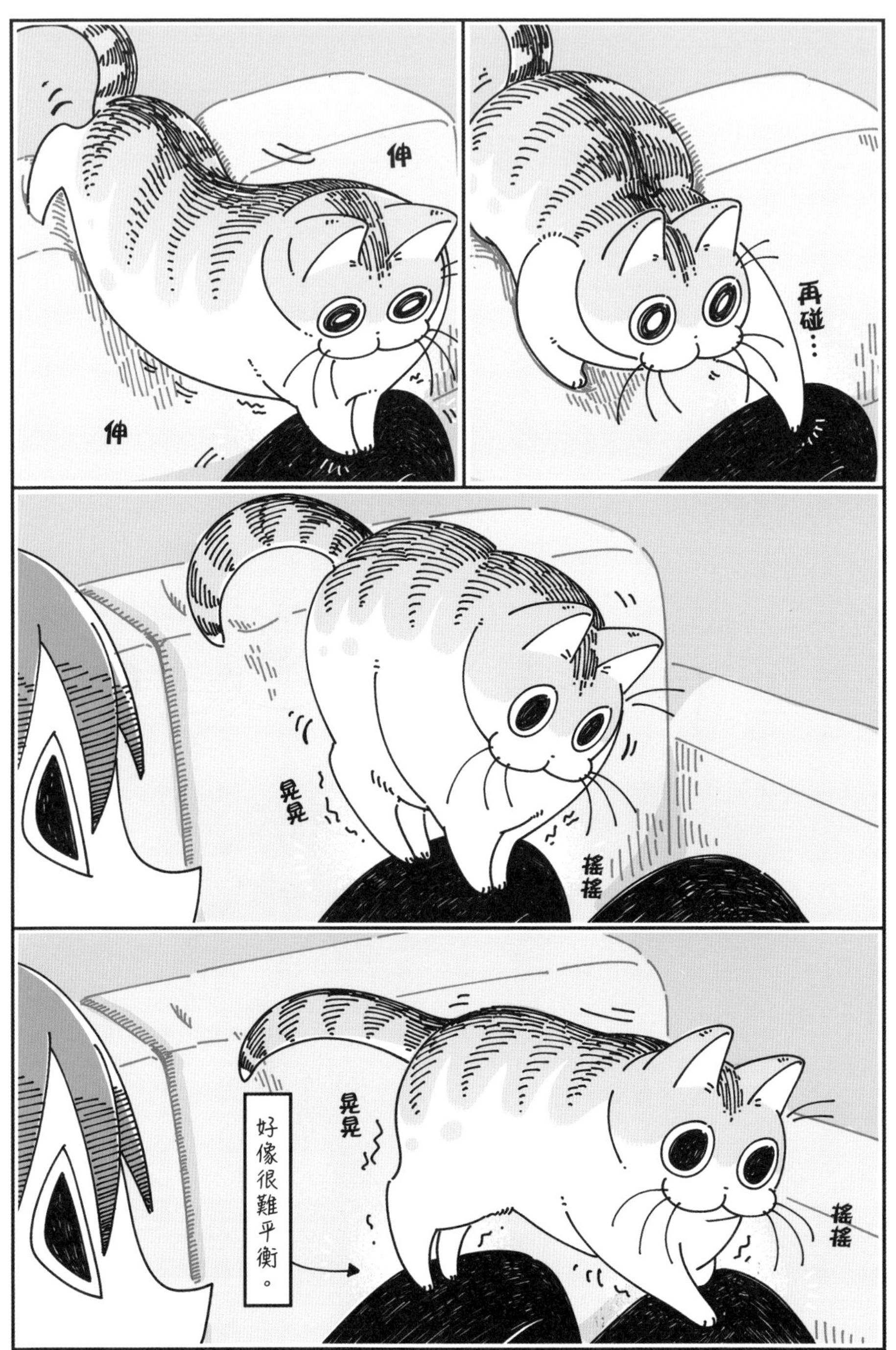
伸
伸
再碰…
晃晃
搖搖
晃晃
搖搖
好像很難平衡。

坐坐看
搖搖
晃晃
趴好
牠好像偶爾也會想在很難保持平衡的地方休息。
居然能在這種地方休息？
呼嚕嚕
呼嚕嚕

想要將手拉出來

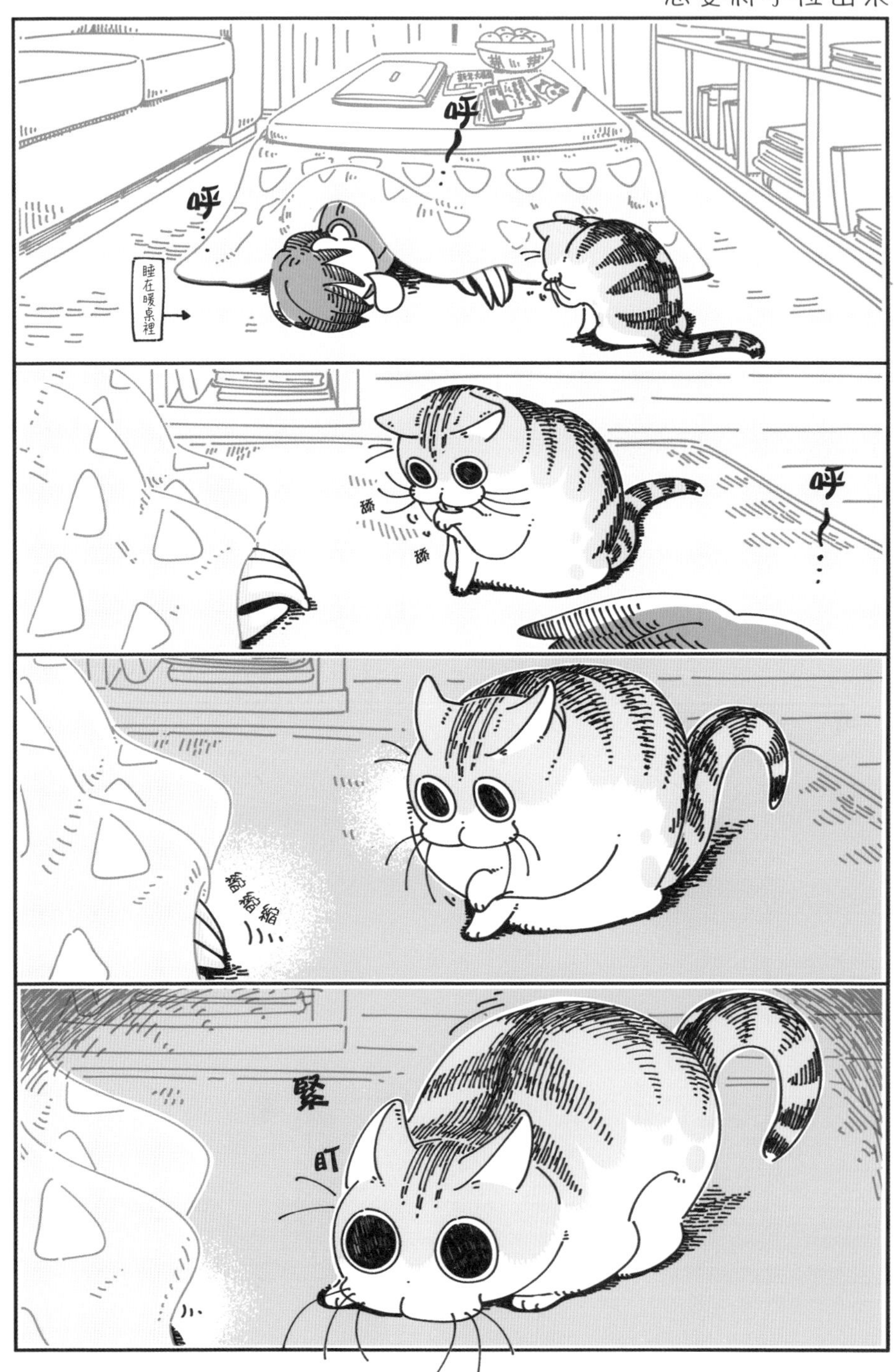

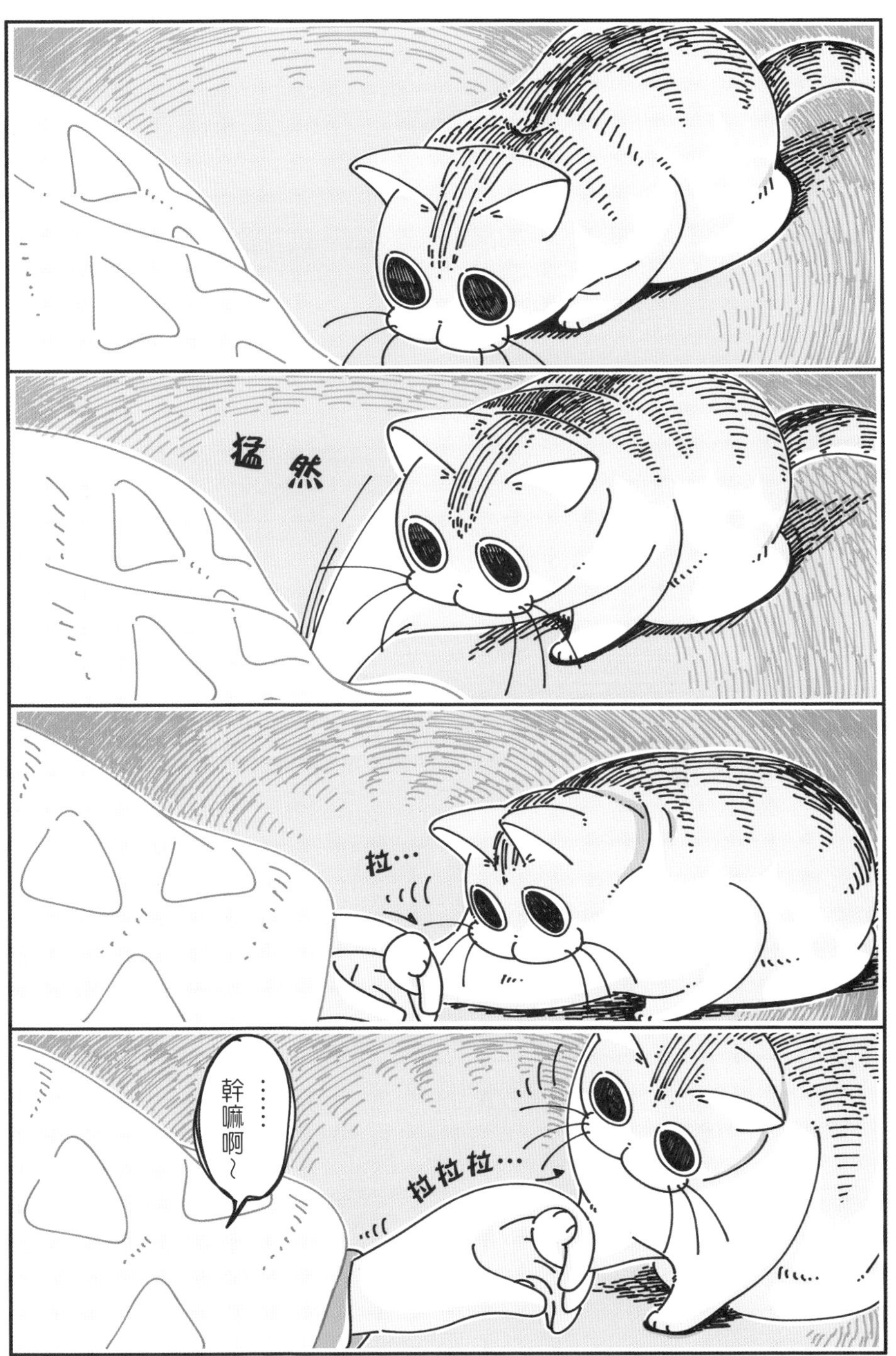
猛然
拉…
……幹嘛啊～
拉拉拉…

不要玩啦～
縮
縮
回縮
啪
拉
拉
將手縮回棉被裡的這個動作，
勃勃
興致
噗咻
噗咻
好像會在不知不覺間刺激到咕嚕加的狩獵本能。

振筆
疾書
振筆
疾書
好想睡
一旁看著我工作的咕嚕加。
振筆
疾書
振筆
疾書……

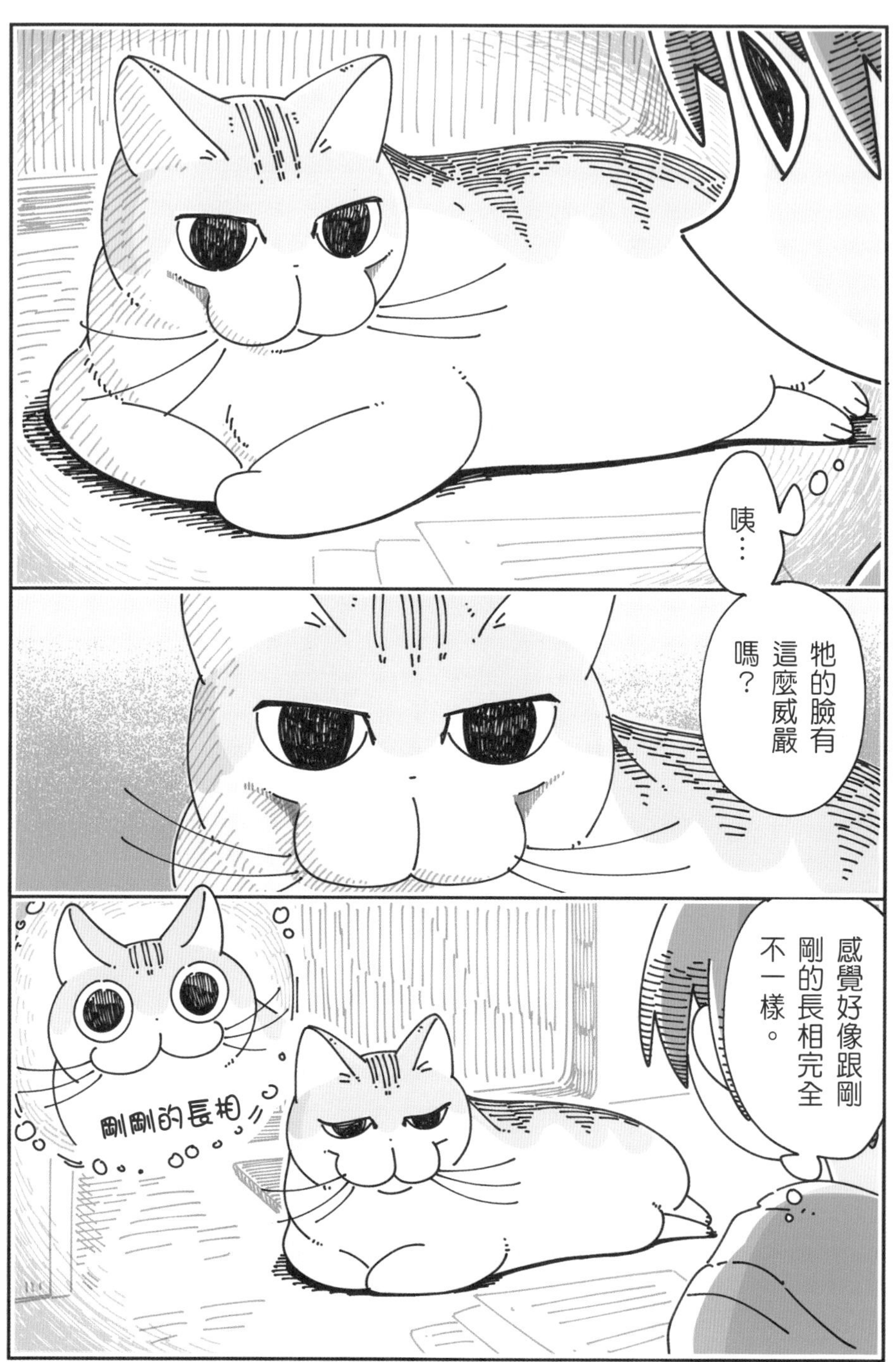
咦……
牠的臉有這麼威嚴嗎？
感覺好像跟剛剛的長相完全不一樣。
剛剛的長相

貓咪的表情真的很豐富耶。
振筆疾書
振筆……
趴著
這次換成體型變得不一樣了。
剛剛的體型
每次看到咕嚕加，長相跟體型都不太一樣。

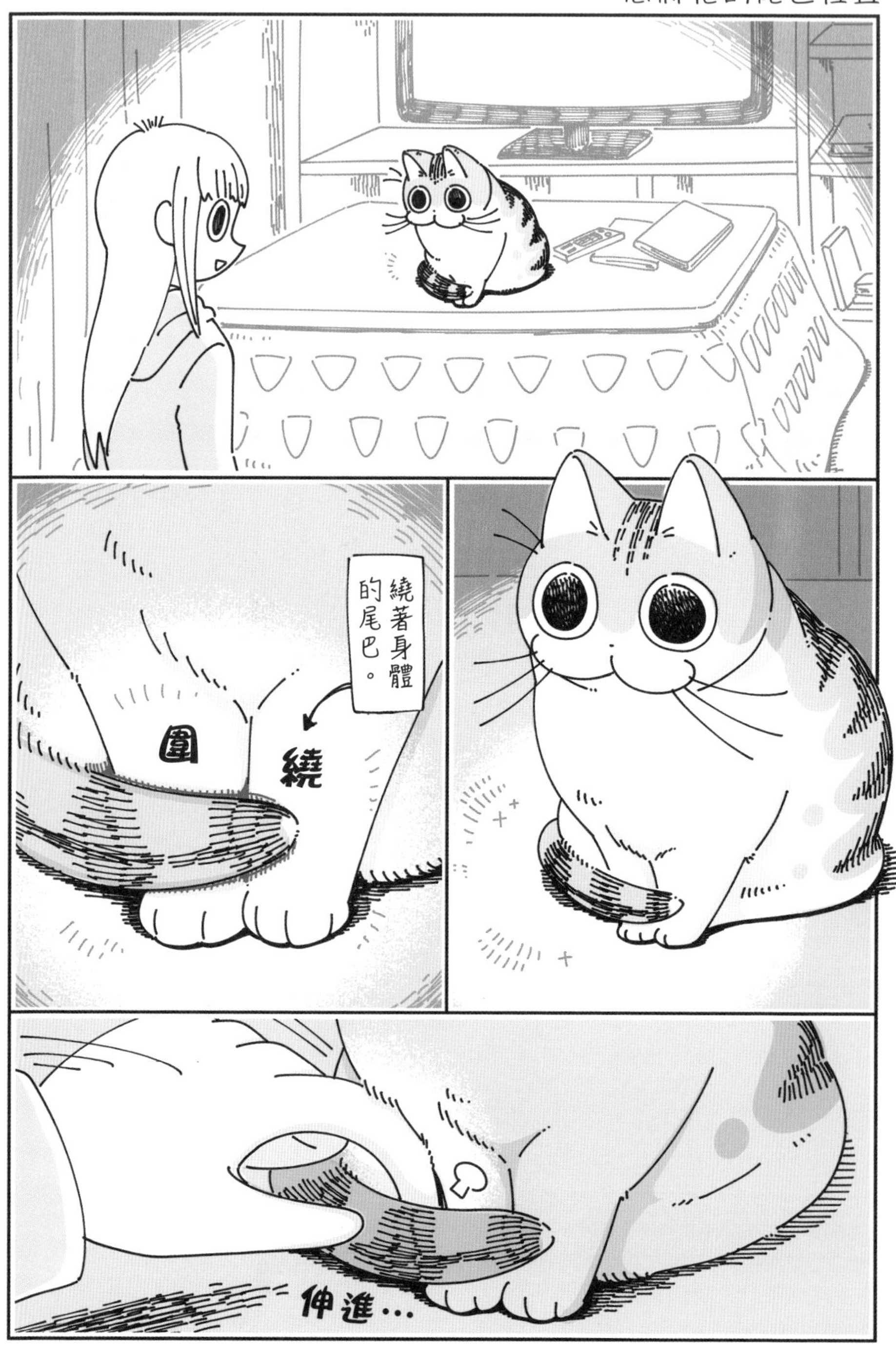
繞著身體的尾巴。
圍
繞
伸進…

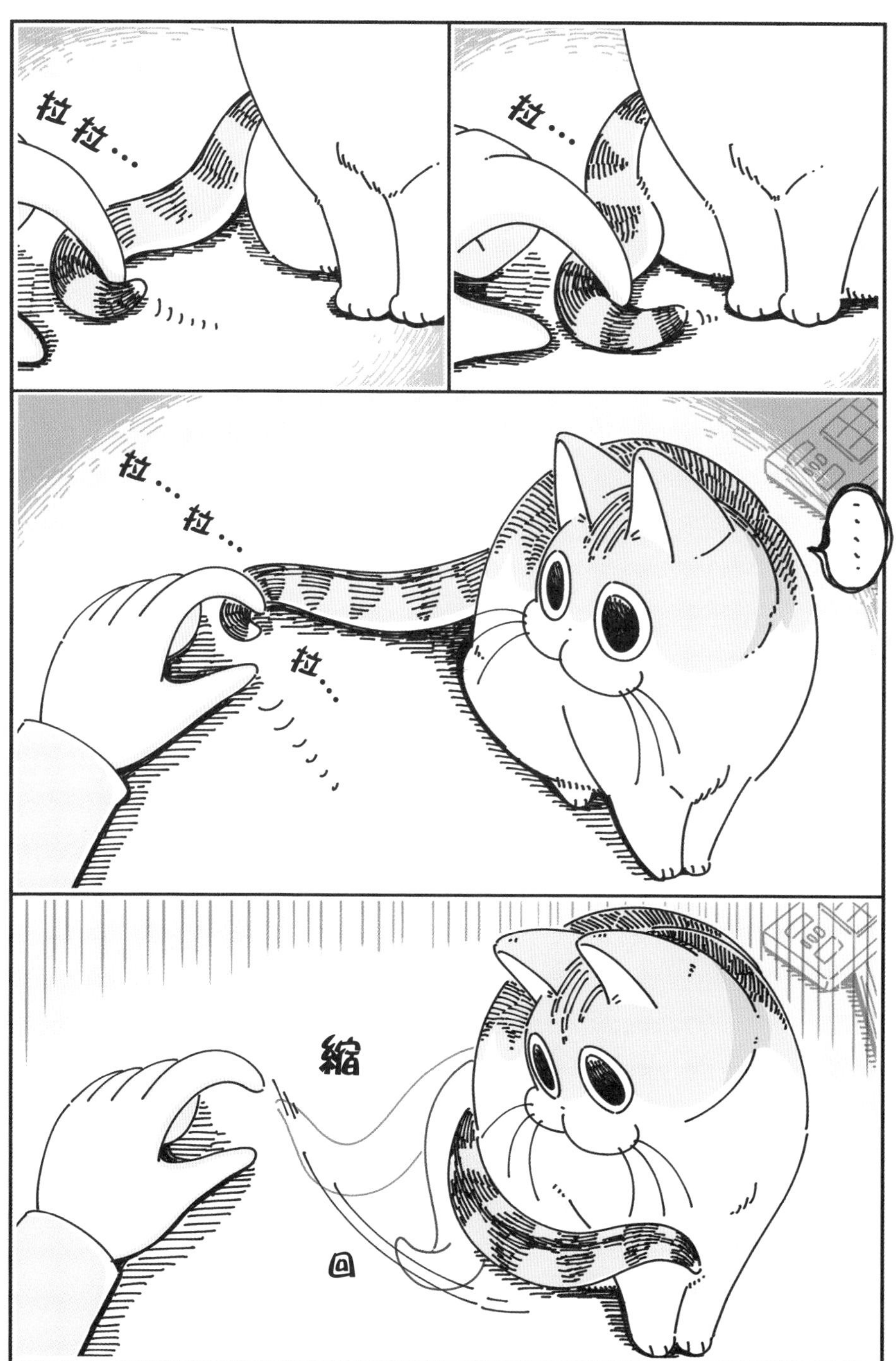
拉…
拉拉…
……
拉…
拉…
拉…
縮
回

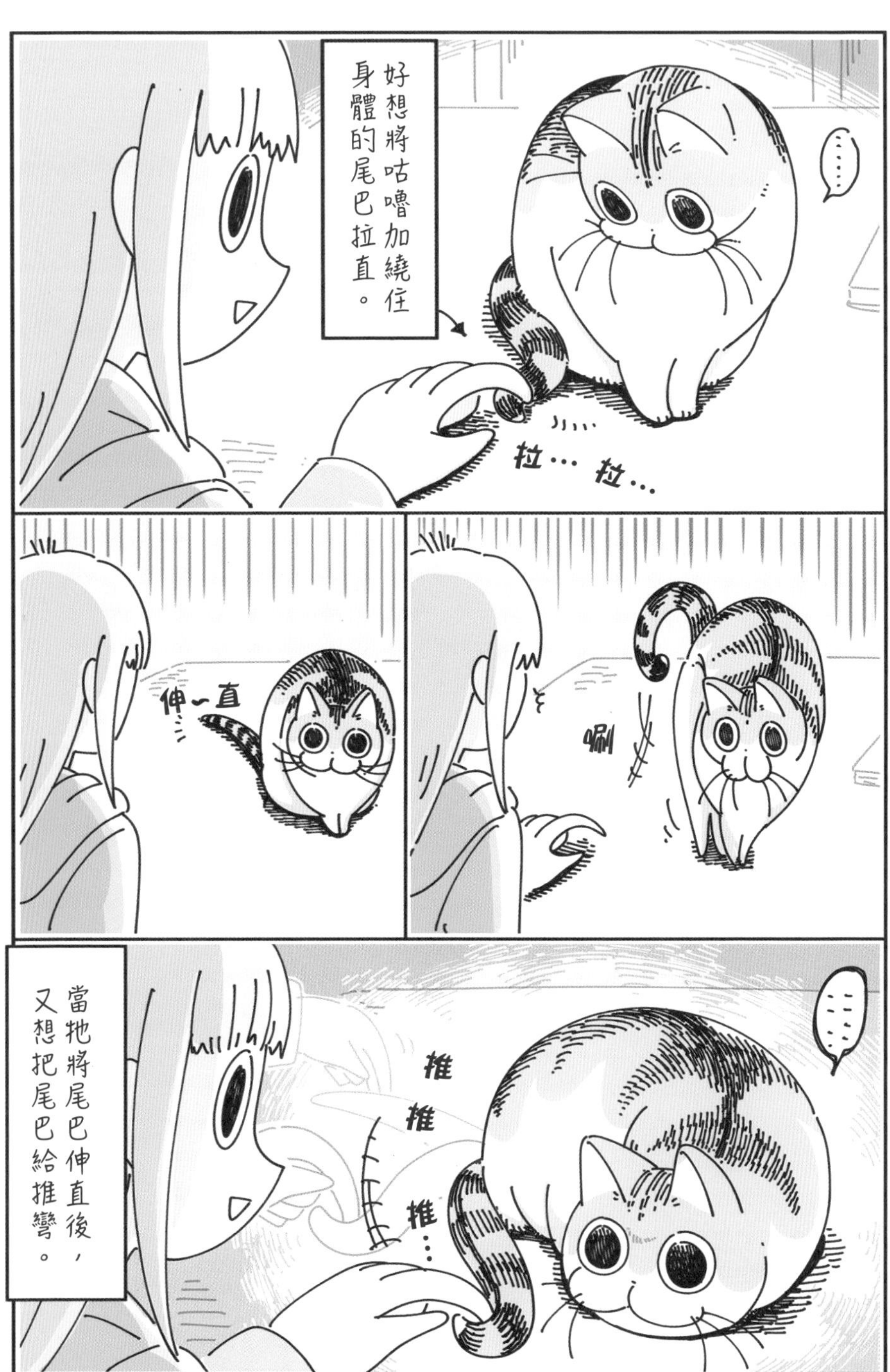
好想將咕嚕加繞住身體的尾巴拉直。
……
拉… 拉…
伸～直
唰
當牠將尾巴伸直後，又想把尾巴給推彎。
……
推
推
推…

躍上
咚咚咚咚咚咚咚咚咚咚…
?
興奮
興奮
磨蹭
磨蹭
摸摸
摸摸
是想要我摸牠嗎?

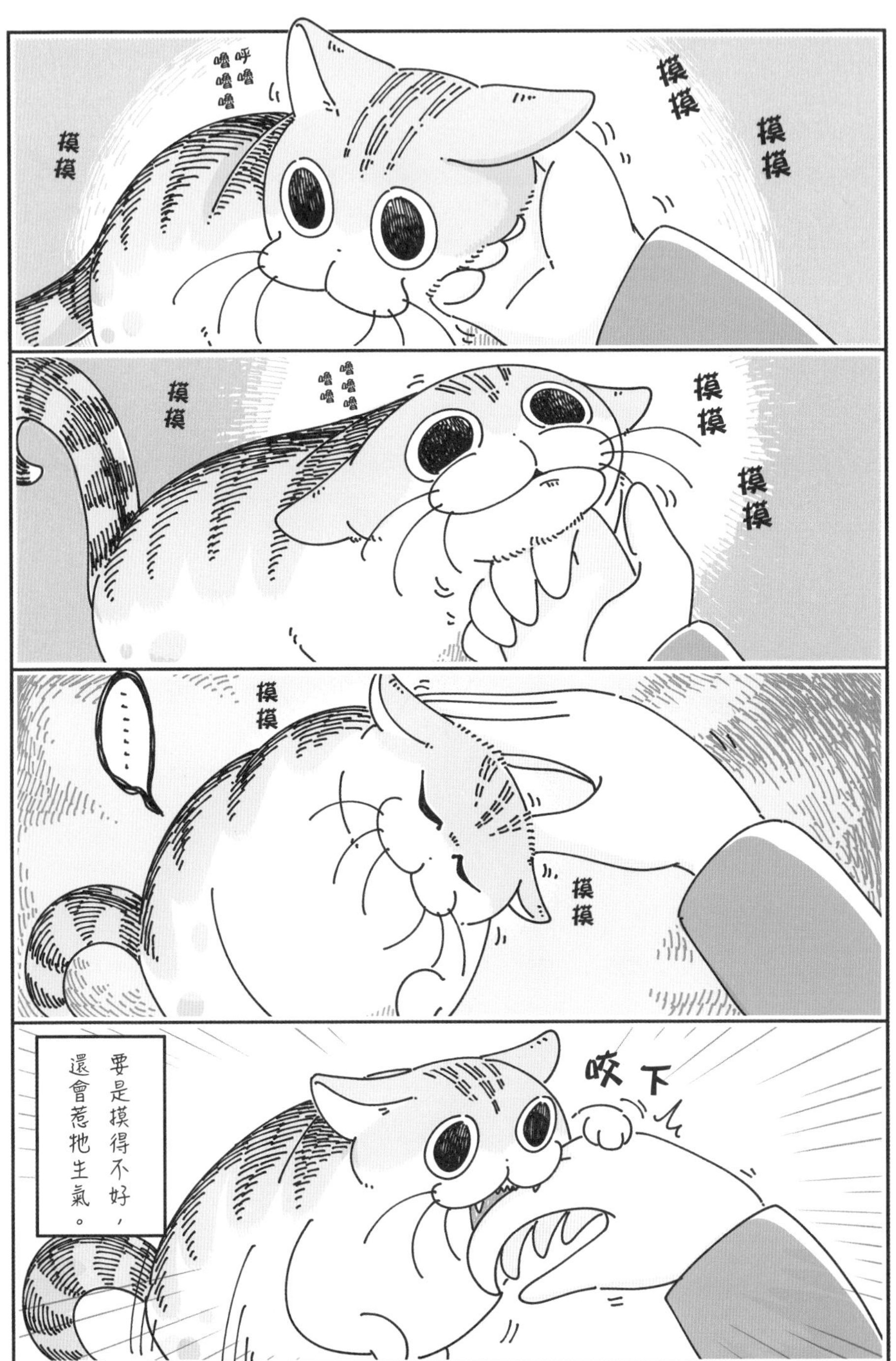

摸摸
摸摸
呼嚕嚕嚕嚕
摸摸
摸摸
摸摸
嚕嚕嚕嚕嚕嚕
摸摸
摸摸
摸摸
……
咬下
要是摸得不好，還會惹牠生氣。

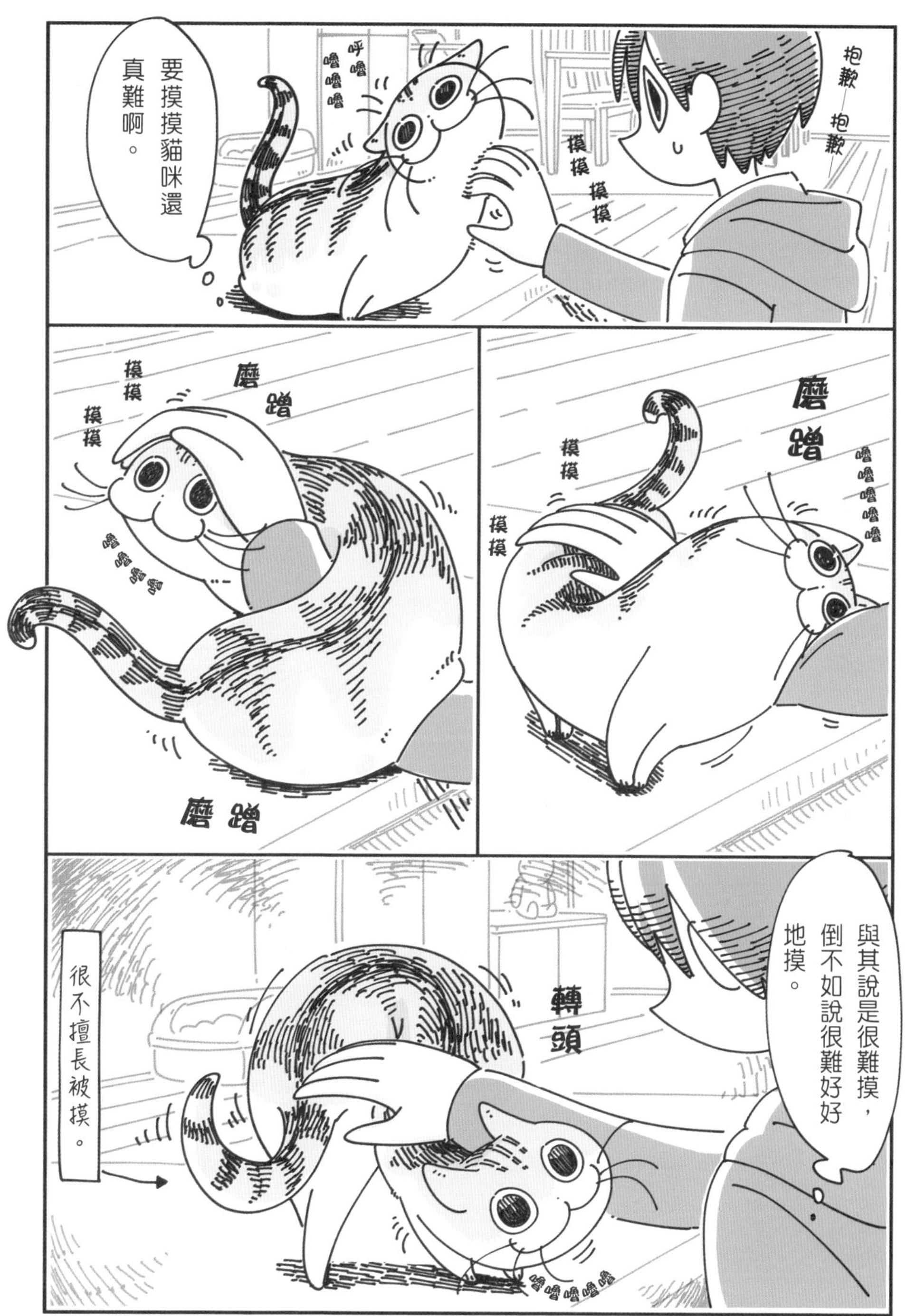
抱歉抱歉
摸摸
摸摸
呼嚕嚕嚕嚕
要摸摸貓咪還真難啊。
磨蹭
嚕嚕嚕嚕嚕
摸摸
摸摸
摸摸
磨蹭
摸摸
嚕嚕嚕嚕
磨蹭
與其說是很難摸，倒不如說很難好好地摸。
轉頭
嚕嚕嚕嚕嚕
很不擅長被摸。

呼
呼
抖抖
抖
抖
抖
呼呼呼呼
抖
抖
抖
抖
呼呼
呼
嗚
抽動
嗚嗚嗚嗚嗚嗚……
蜷……
蜷……
抽動
呼呼呼呼呼
呼呼呼呼呼呼呼呼
抖抖
嗚
呼呼呼…
牠應該是睡著的吧？

該不會是做了惡夢在哭吧？
沒事
沒事
嗚
抖抖…
呼呼呼呼呼
輕撫
輕撫
抖
抖
就是不起來。
咕嚕加！
喂～
呼呼呼呼呼
叫也叫不起來。
啪
啪
啪
呼
呼
呼
呼
呼呼呼

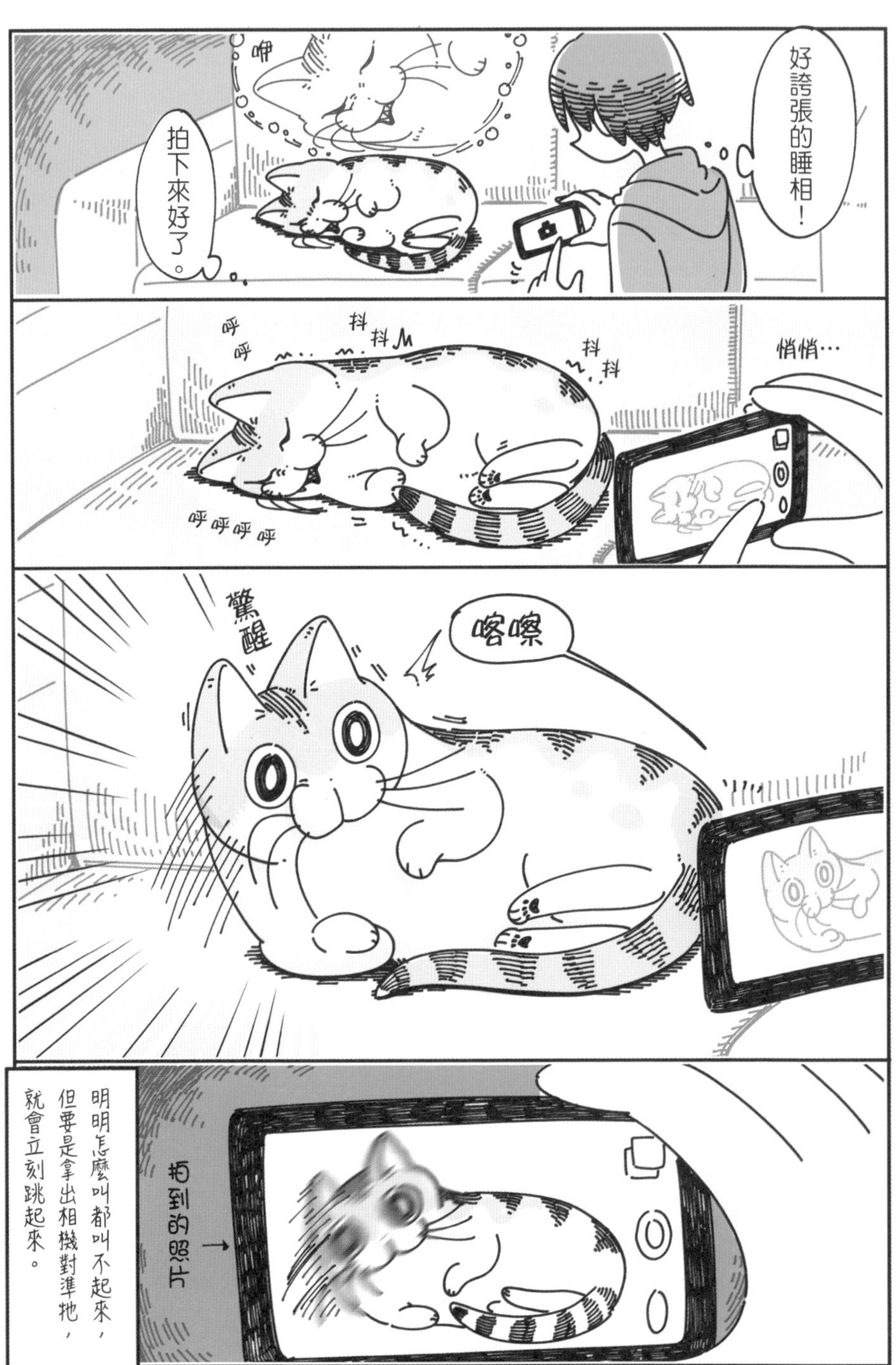

好誇張的睡相！
拍下來好了。
咿
抖抖
悄悄…
抖抖
呼呼
呼呼呼呼
驚醒
喀嚓
明明怎麼叫都叫不起來，
但要是拿出相機對準牠，
就會立刻跳起來。
拍到的照片

工作中。
振筆疾書
咚
咚
咚
拍拍…
是想要我陪牠玩嗎？

對不起。
我現在沒辦法玩耶。
振筆疾書
輕拍
輕拍
輕拍
輕拍
輕拍
輕拍
輕拍
輕拍
輕拍
對不起，咕嚕加忍耐一下好嗎？

磨蹭
磨蹭
磨蹭
磨蹭
其實是我自己撐不下去了。
好啦好啦～
呼嚕嚕
嚕嚕嚕嚕

舔
舔
舔
舔
舔
想拿筆記本。
悄悄…
好像以為是要去摸牠。
我只是要拿筆記本而已…
揍揍揍
揍揍揍

悄悄…
舔
舔
舔
想拿橡皮擦。
悄悄…
嗚
嗚
嗚
嗚
哇
以為是要去摸牠。
我只是要拿橡皮擦而已…

在地毯下面

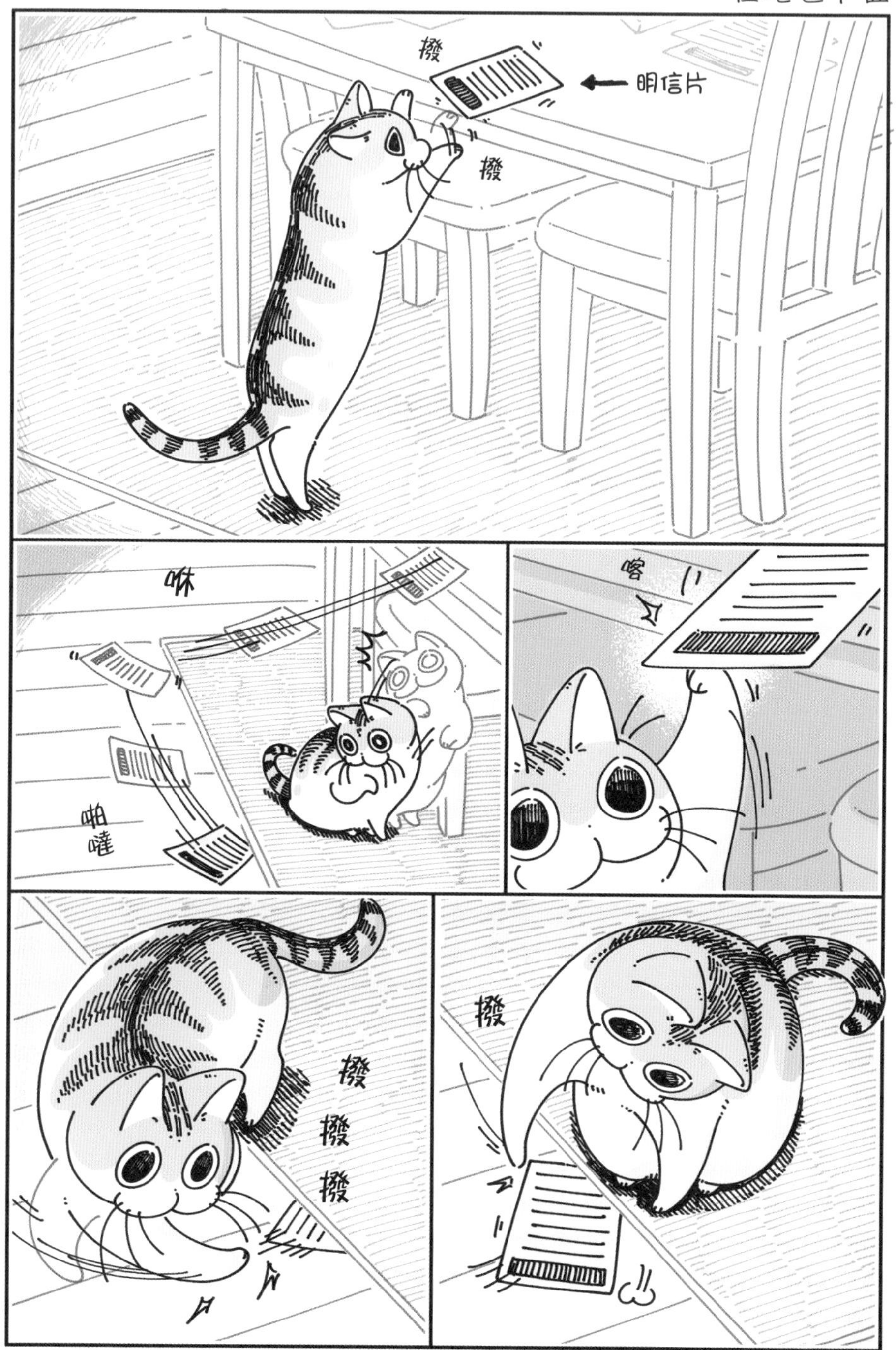

塞
塞
你不要把東西藏在這種地方啦！
嚕嚕嗚
掀開
本以為不見的東西紛紛接連出現了。
以前被咕嚕加
撥進去的東西們。

玩繩子的貓

只要我一動繩子，咕嚕加就會被釣起來。

嘿嘿—

HIT

咬住～

咬住～

咕嚕加好像很喜歡繩子。

下次來買繩子玩具好了！

搖晃

過了幾天。

搖晃

搖晃

對特地買回來的繩子玩具卻沒什麼反應。

搖晃

搖晃

搖晃

……

搖晃

搖晃

每次在整理東西時，咕嚕加都會跑來妨礙我。
是想要我陪牠玩嗎？
你看～晃來晃去喔～
晃來
晃去
晃動
晃動
沒反應。
Q彈
Q彈
你看～箱子會關起來囉～

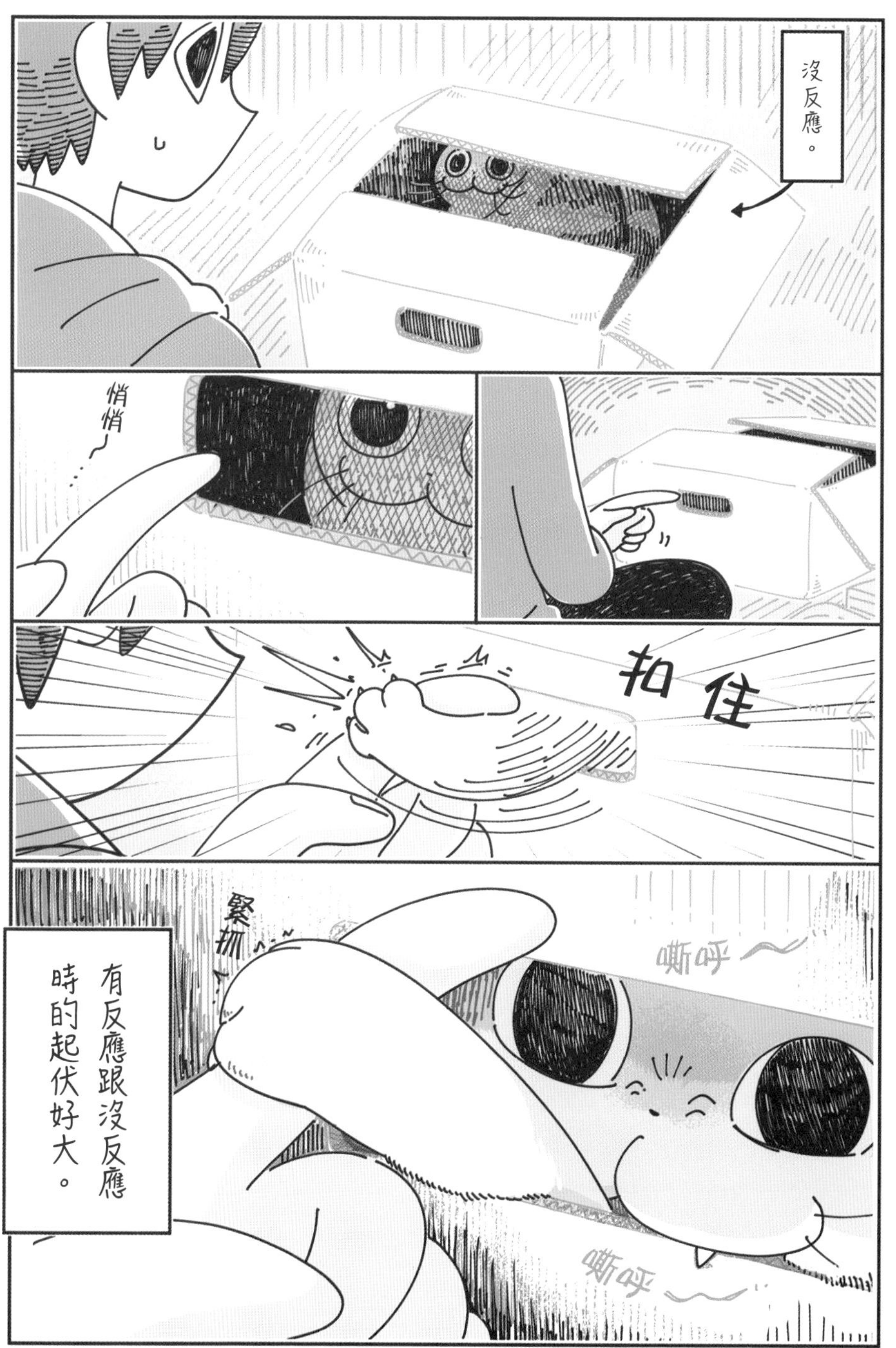
沒反應。
悄悄～
扣住
緊抓
嘶呼～
嘶呼～
有反應跟沒反應時的起伏好大。

在感動場景時會湊熱鬧的貓

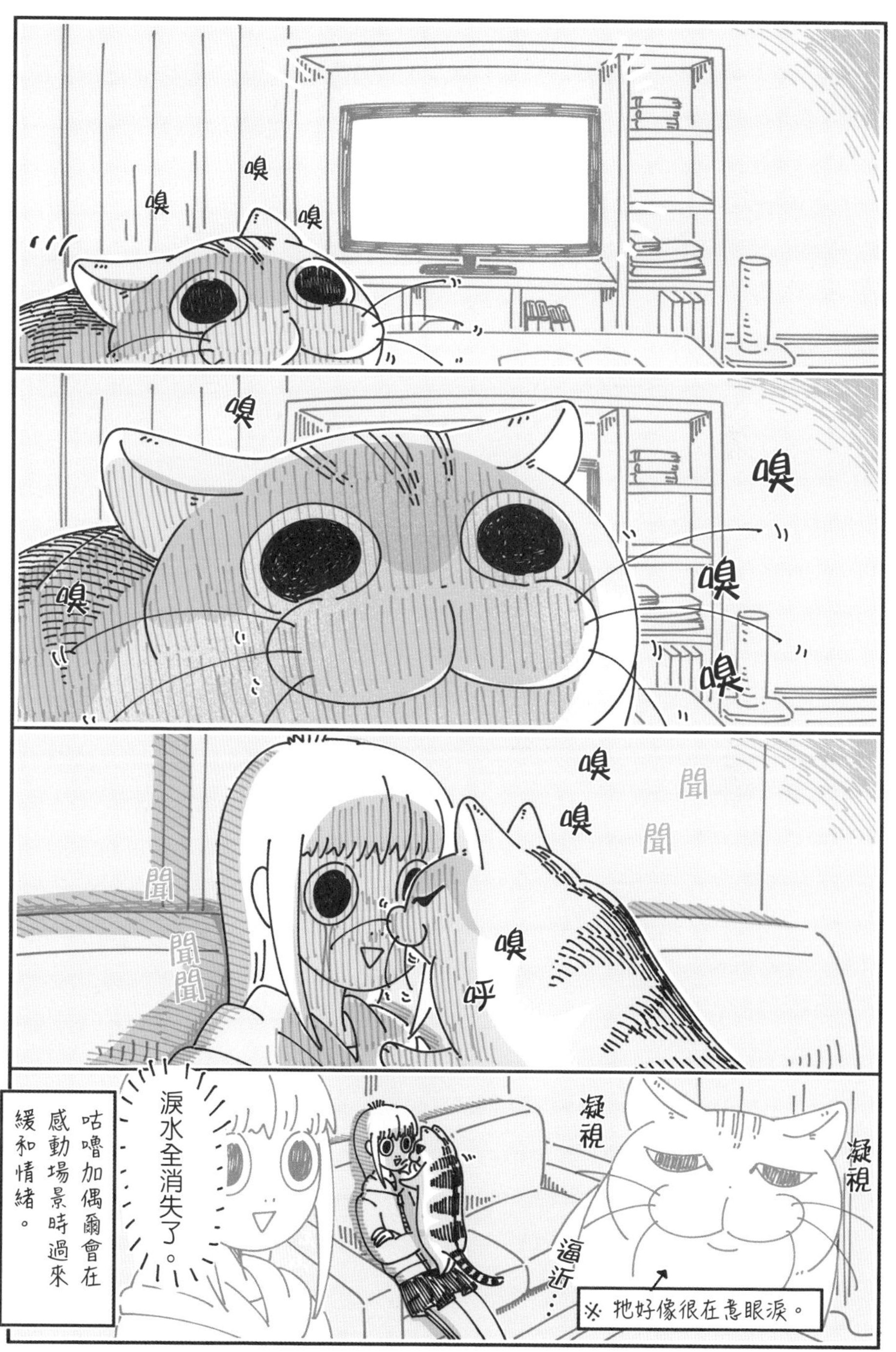

嗅
嗅
嗅
嗅
嗅
嗅
嗅
嗅
嗅
嗅
聞
聞
聞
聞聞
嗅
呼
咕嚕加偶爾會在感動場景時過來緩和情緒。
淚水全消失了。
凝視
凝視
逼近…
※牠好像很在意眼淚。

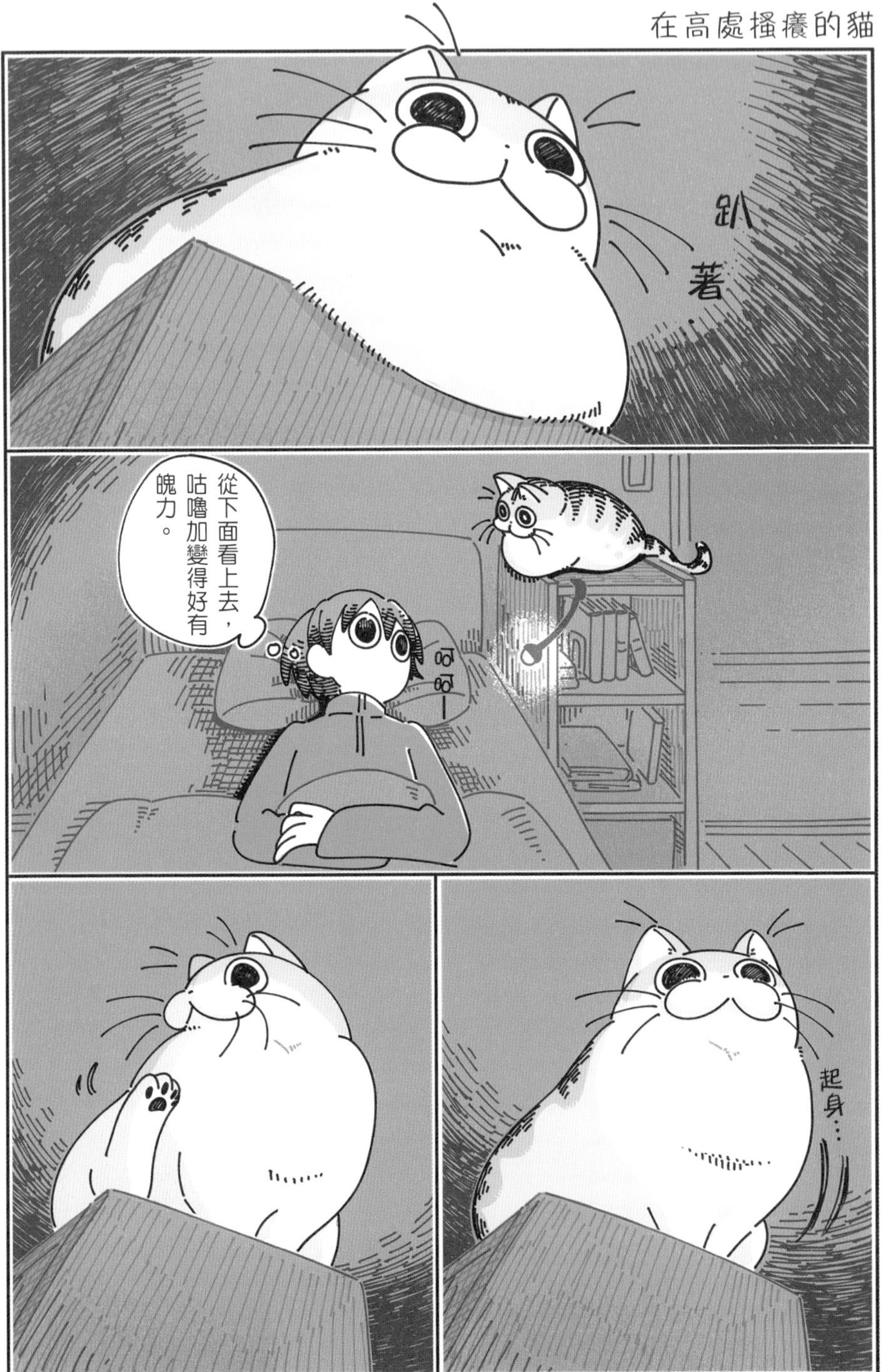
趴著．
從下面看上去，咕嚕加變得好有魄力。
呵呵—
起身…

踢 踢
踢 踢
毛
飛散…
踢 踢 踢
踢 踢 踢 踢
嗚哇啊──
真希望牠別再在高處搔癢了。

摸摸
摸摸
撥弄
撥弄
撥弄
撥…
撥…
撥…
呼嚕嚕嚕嚕嚕嚕嚕嚕嚕

豎起
用手指逆著梳，讓額頭的毛豎起來。
呼嚕嚕嚕嚕嚕嚕嚕…
嚕嚕嚕嚕嚕…
雖然咕嚕加看起來好像不太在意，
撫平
撫平
呼嚕嚕嚕嚕
不過我會覺得有點對不起牠，馬上幫牠把毛恢復原狀。

在遠處撒嬌的貓

咕嚕加！
高舉
過來吧～
扭過去
磨蹭
呵呵呵—
牠在撒嬌、牠在撒嬌。
磨蹭
磨蹭
呼嚕嚕嚕嚕
怎麼不過來這邊再撒嬌呢～
翻滾
翻滾
只要一跟牠對到眼，咕嚕加就會立刻開始撒嬌。

站起
轉身……
啊！
牠要去哪裡呢……

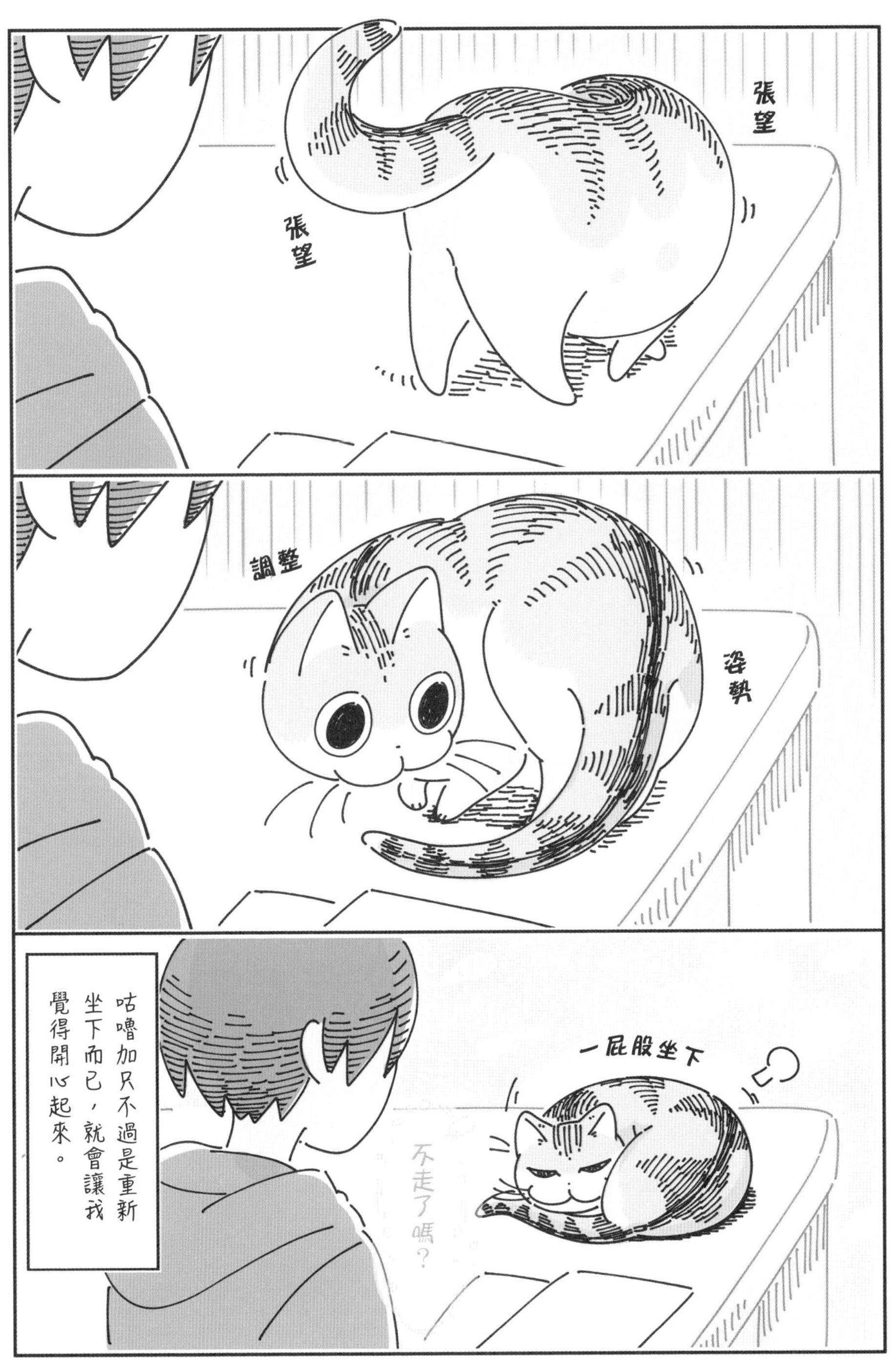
張望
張望
調整
姿勢
咕嚕加只不過是重新坐下而已，就會讓我覺得開心起來。
一屁股坐下
不走了嗎？

好想去上廁所喔。
呼
呼
對不起啊，咕嚕加。
敲
敲
起來吧～
嘖
舔
舔
牠嘖我。
這應該只是牠偶然發出的聲音，還是有點嚇到我了。
對不起喔～
搖晃
搖晃
…

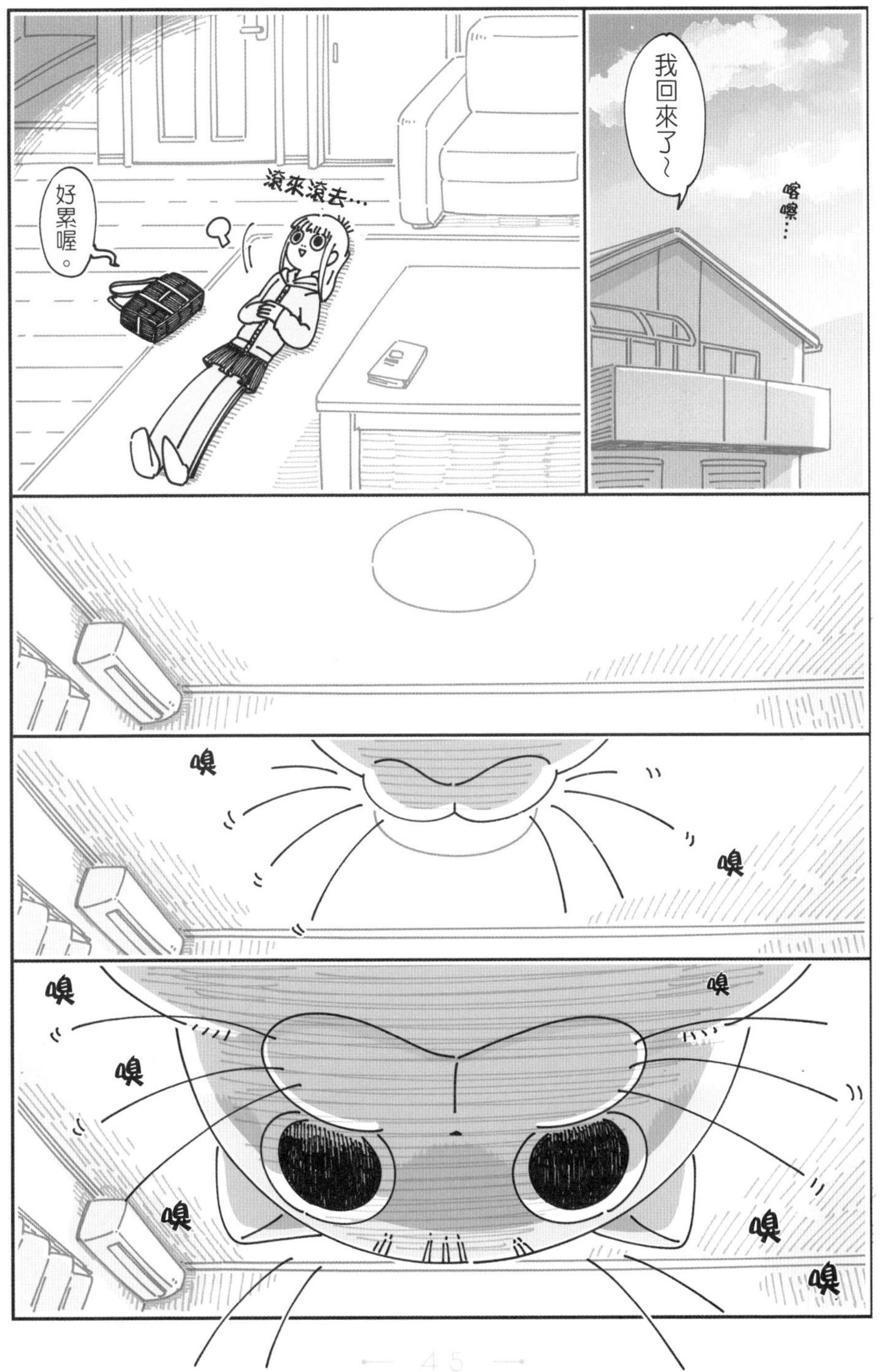
我回來了~
喀嚓…
好累喔。
滾來滾去…
嗅
嗅
嗅
嗅
嗅
嗅
嗅
嗅

嗅
嗅
嗅
嗅
嗅
嗅
哎呀
小咕嚕加⋯
悄悄～
抓
住
呵呵呵！
我抓住你了～
過來這裡吧～

嘿…咻！
舉…
滑
溜
掉
下來
嘿咻！
滑
開
沒辦法好好舉起來。
滑
下來
就算抓住牠了，有時候也會因為牠身體實在太軟而抓不過來。

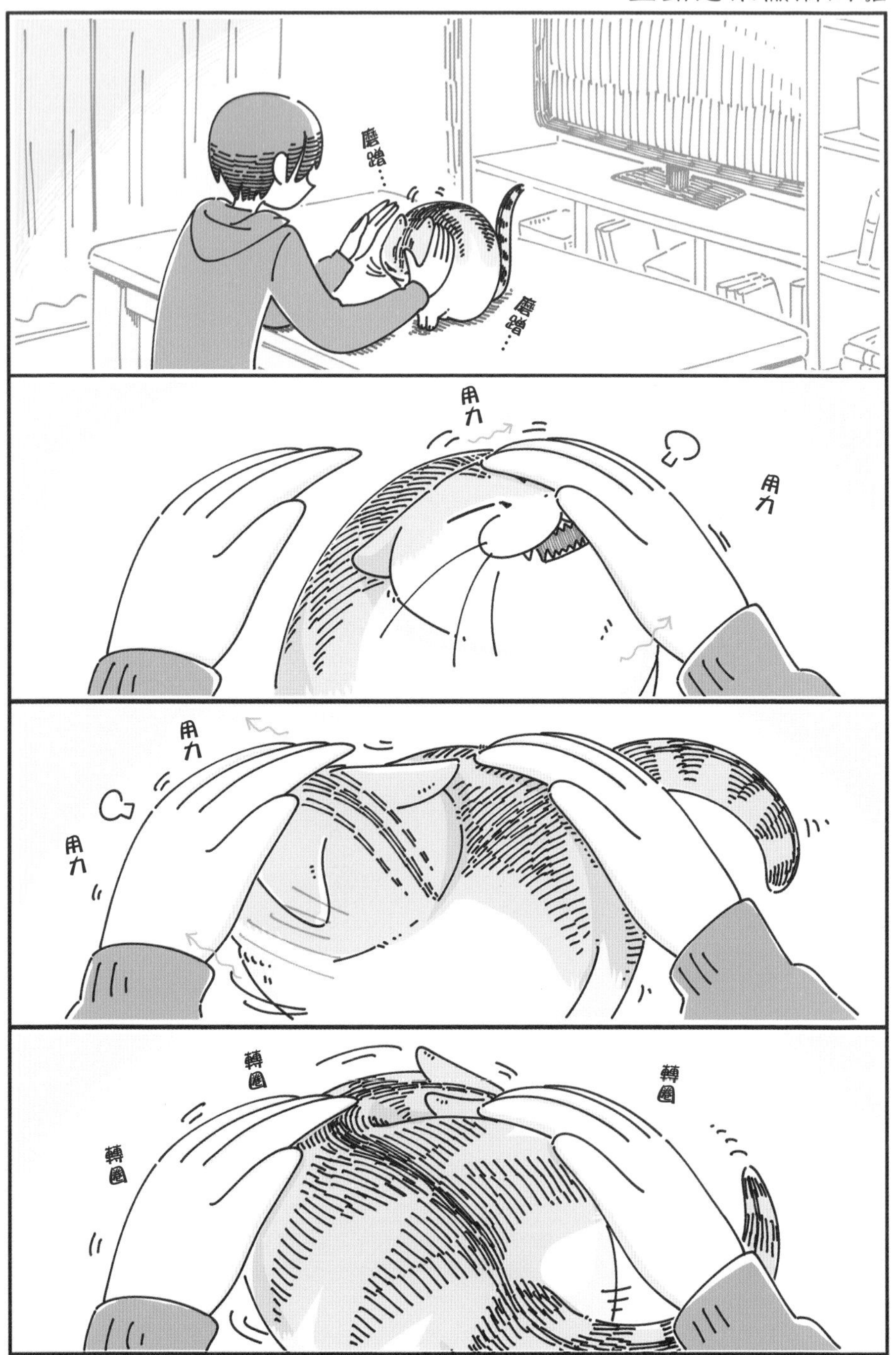
磨蹭……
磨蹭……
用力
用力
用力
用力
轉圈
轉圈
轉圈

今天咕嚕加自己跑來要我摸摸。
手只是靠著而已
磨
磨
磨
用力
用力
用力
用力
呼嚕嚕嚕
嚕嚕嚕
咕嚕加的心情越來越好了。
轉圈
轉圈
呼嚕嚕嚕嚕
呼嚕嚕嚕
轉圈

呼嚕嚕嚕嚕嚕
啪
噠
碰咚
呼嚕嚕嚕嚕
頭槌
當牠心情變好之後，
就會用力使出頭槌，
絕對不可大意。
好痛
碰
碰
嚕嚕嚕嚕嚕
呼嚕嚕嚕嚕

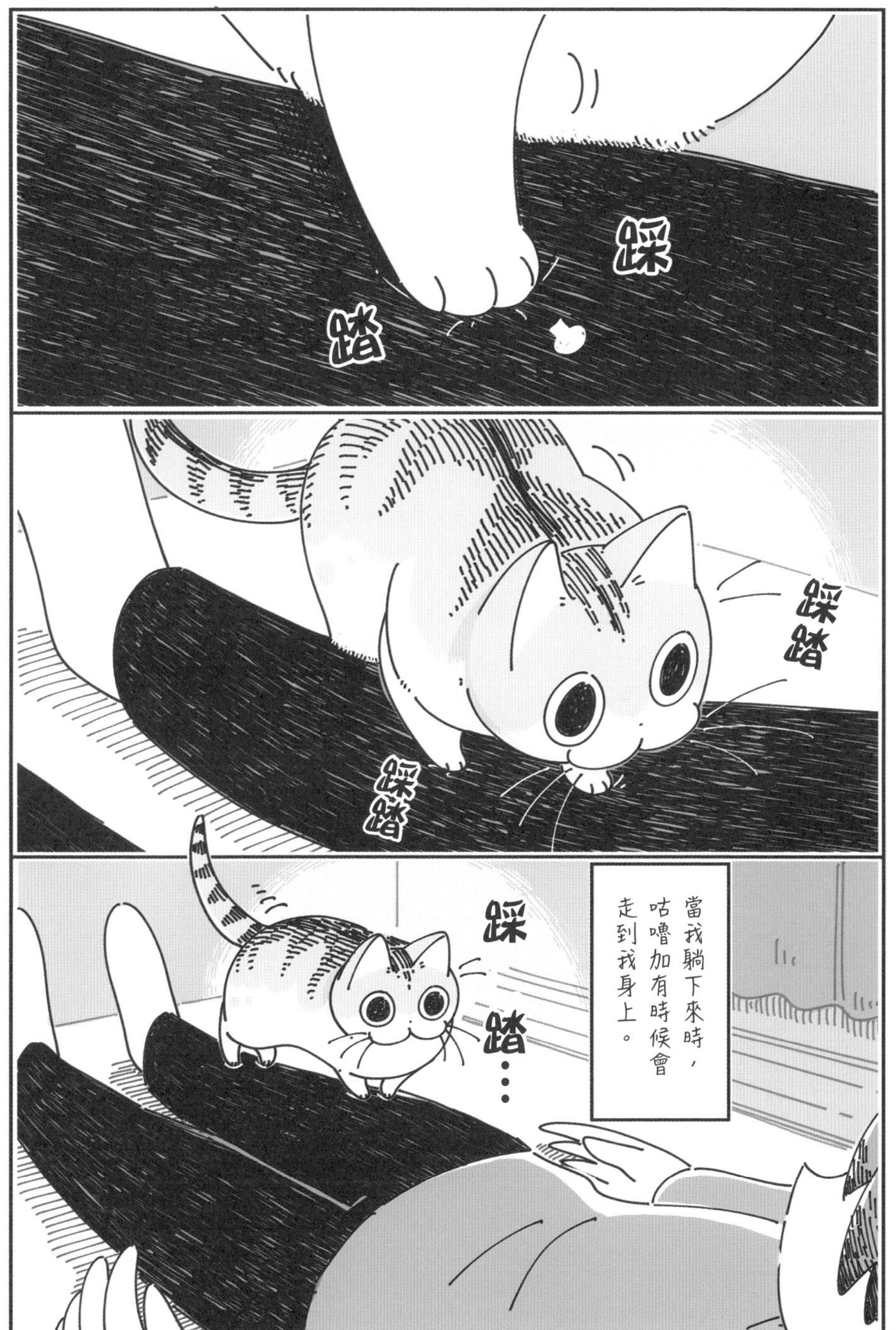
踩
踏
踩踏
踩踏
當我躺下來時，咕嚕加有時候會走到我身上。
踩
踏…

踩踏
踩踏
陷下……
你要踩上來是沒關係。
可是你的腳陷入我肚子裡就會有點不舒服耶。
陷入陷入
趕快坐下來吧！
倒臥

踩踏
踩踏
左顧
右盼
猛踩…
一直不肯坐下來耶。
猛踩…
猛踩…

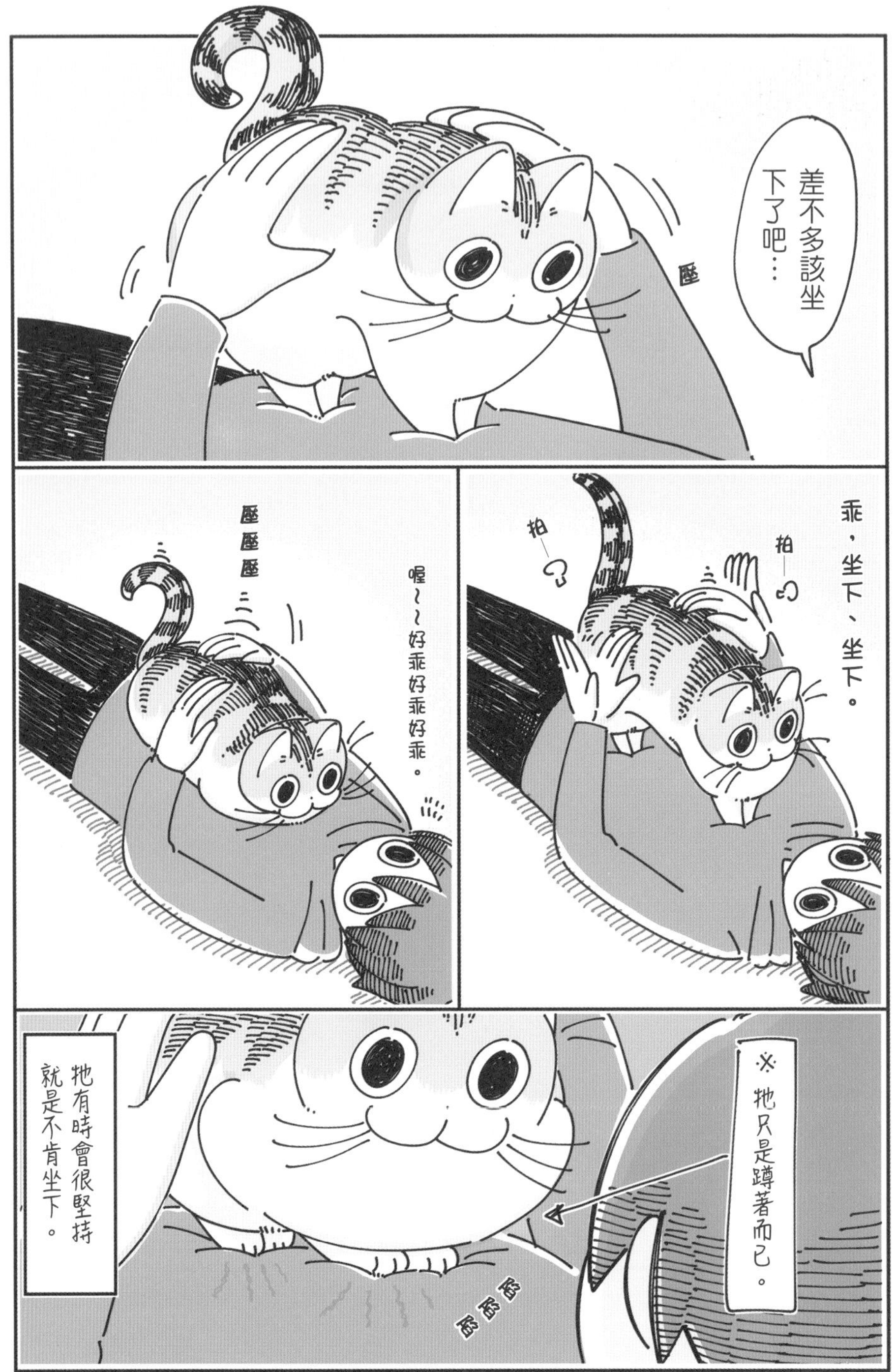

差不多該坐下了吧…
壓
乖，坐下、坐下。
拍—
拍—
喔～～好乖好乖好乖。
壓壓壓
※牠只是蹲著而已。
牠有時會很堅持就是不肯坐下。

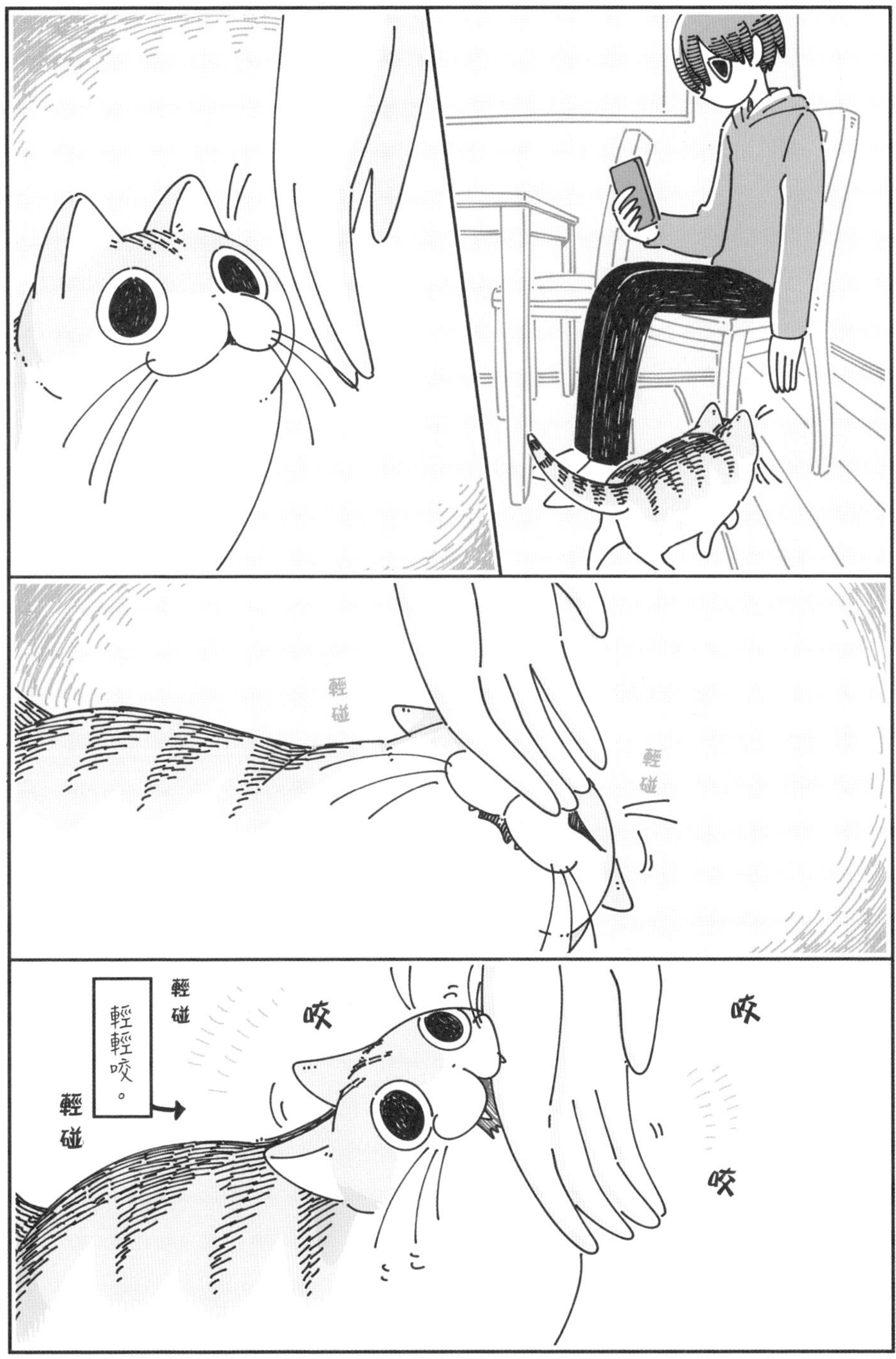
輕
碰
輕
碰
咬
咬
咬
輕輕咬。
輕
碰
輕
碰

喂喂喂。
抽開⋯⋯
不可以咬人喔！

輕輕咬。
咬
咬
咬
咬
咬
抽
開…
說了不可以咬人了喔！
不過，咕嚕加咬成這樣，
卻一個傷口都沒有，
牠應該有在克制力道吧。
毫髮無傷
毫髮無傷

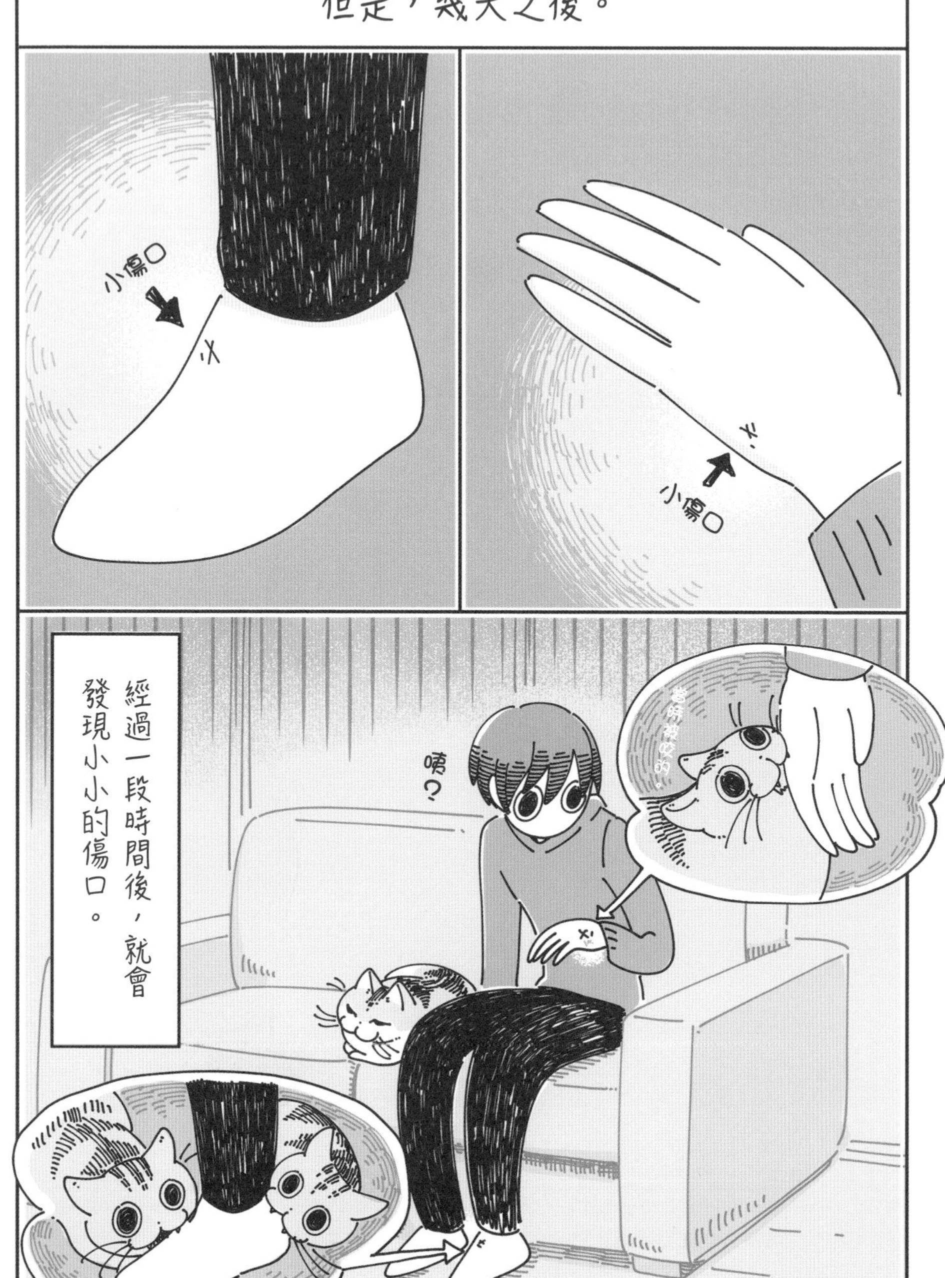
但是，幾天之後。
小傷口
小傷口
經過一段時間後，就會發現小小的傷口。
咦？
當時被咬的。
當時被咬的。

正在找東西。
翻找
翻找
咚
咚
咚
咚
咚
咚…
躍
上
跑來湊熱鬧
湊
上來
幹嘛啦~~
毛茸茸
!!

毛
散…
飄
呸！
好多毛!!
拍
拍
拍
拍
現在是換毛高峰期嗎？
呼嚕嚕嚕
摸摸
摸摸
摸摸
摸摸
好乖、好乖。
摸摸
摸摸
摸摸
來梳毛吧！

摸摸…
飄散…
只不過是摸摸而已，背後的毛就堆積如山了。
看起來好像裙子喔！
呵呵呵…

穿著這條毛裙的
咕嚕加，只要一
有動作，毛就會
飄得到處都是……
啪
飄
散
飄散…
四處飄散
完蛋了！
跑走時毛飄得到處都是
的咕嚕加，感覺有點像
撒仙子粉的小仙子呢。

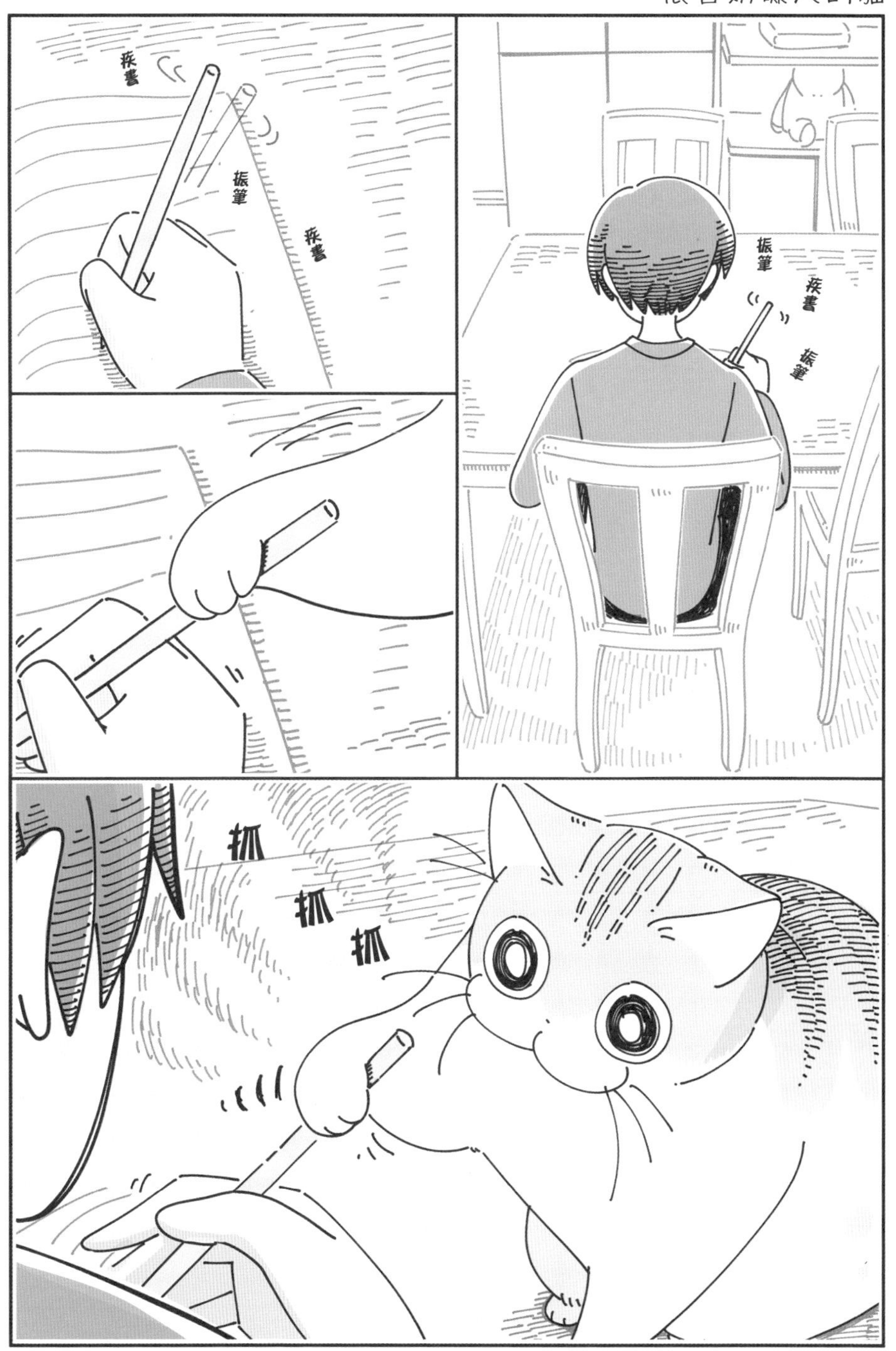
振筆
疾書
振筆
疾書
振筆
疾書
抓
抓
抓

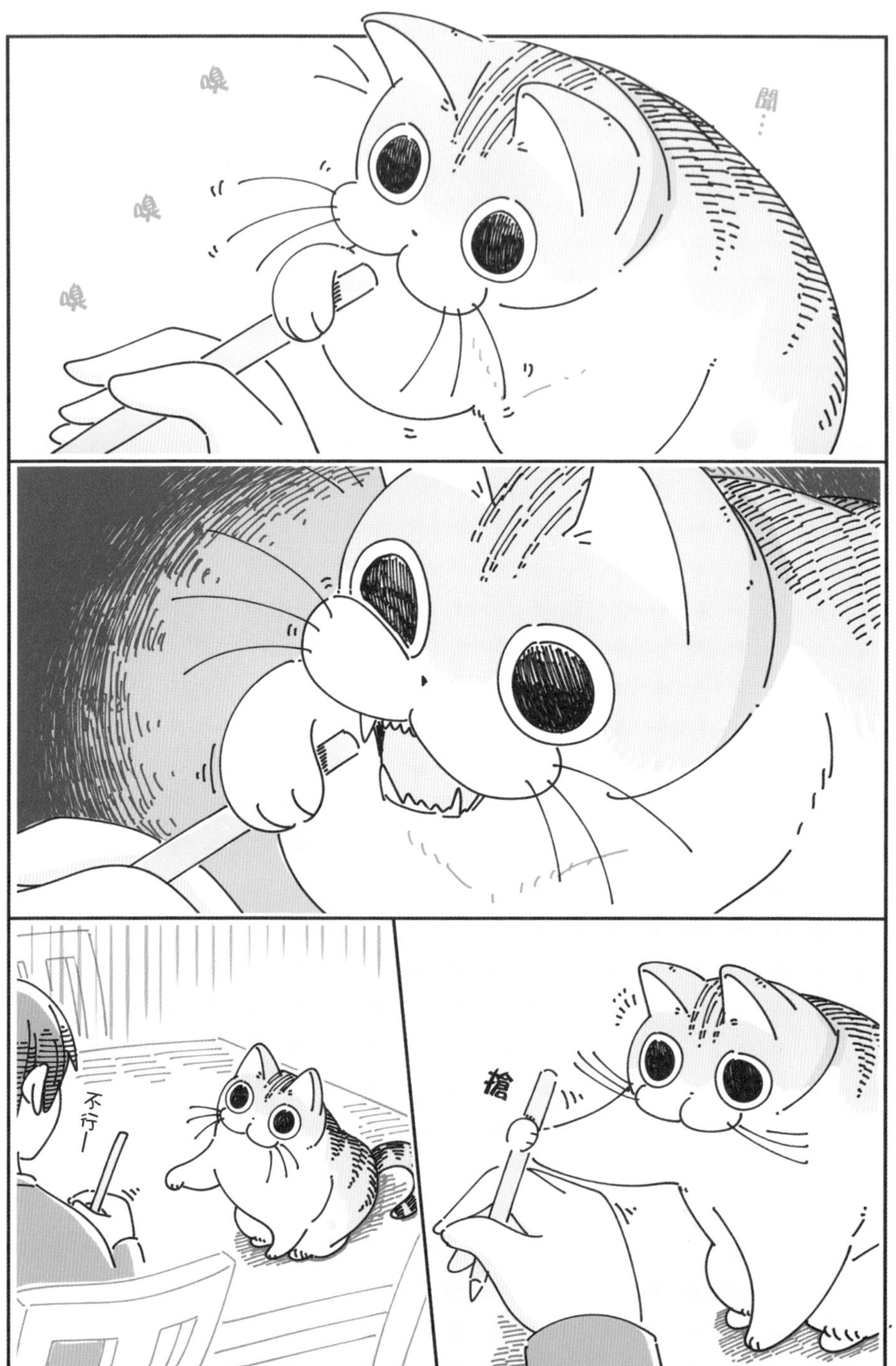
聞…
嗅
嗅
嗅
搶
不行！

振筆
疾書
振筆
疾書
啪
唰
擺動…
擺動…

噗
唰
牠越來越會妨礙人了呢。
咕嚕加有時候會靈活地用前腳或尾巴來妨礙我做事。
趴
下
不過果然還是最喜歡擅長的妨礙法吧！
啊！最會的那招！

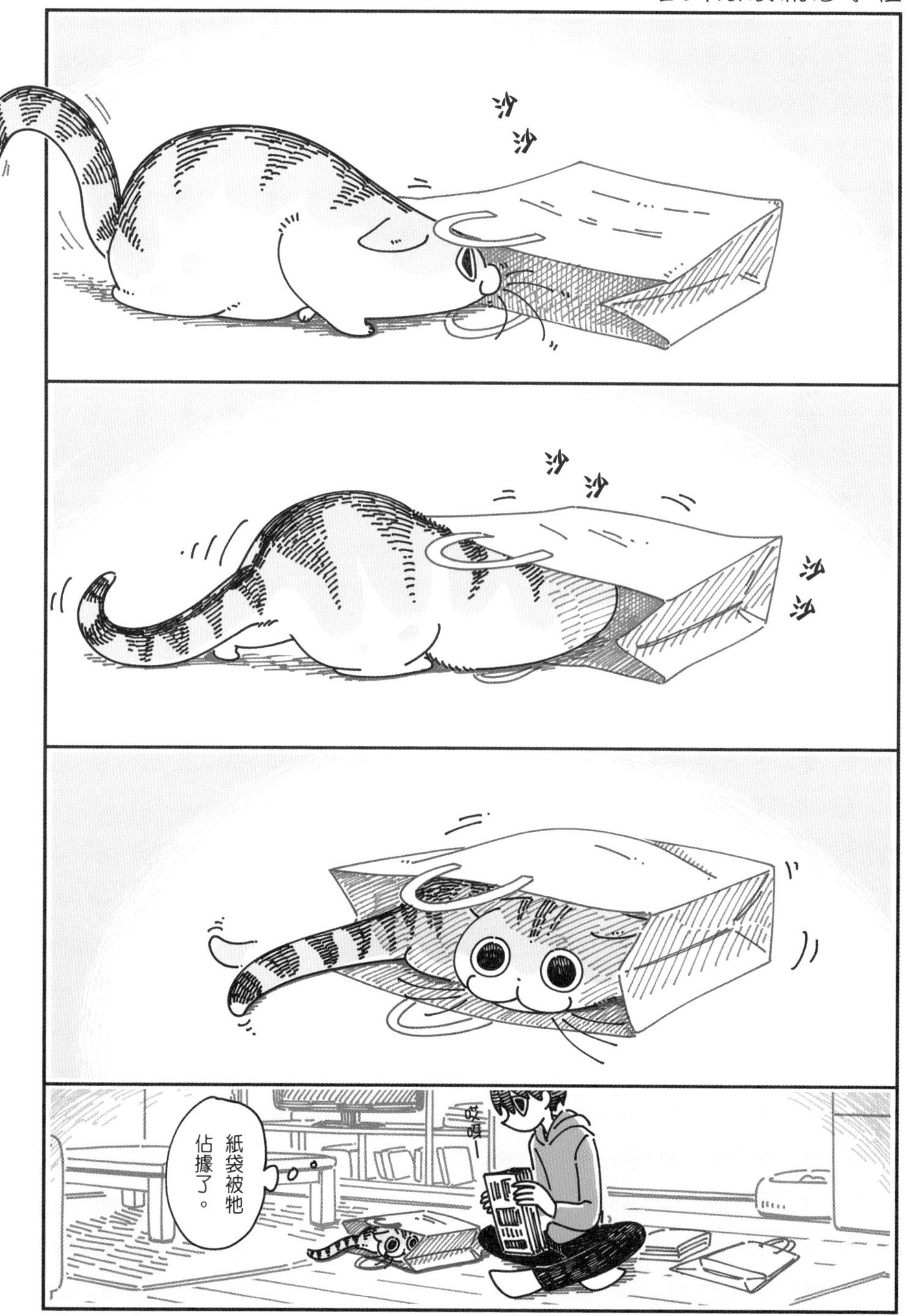
沙
沙
沙
沙
沙
沙
紙袋被牠佔據了。
哎呀—

用別的紙袋好了。
沙沙
啪嚓
咕嚕加只要一看到紙袋，好像就會很想鑽進去。
塞進去

沙沙
沙沙
在尋找最佳位置。
砰咚……
沉甸
而我只要一看到咕嚕加鑽進紙袋裡，
就會忍不住想要把牠提起來看看。
啪
噠

好像很想抓到的樣子

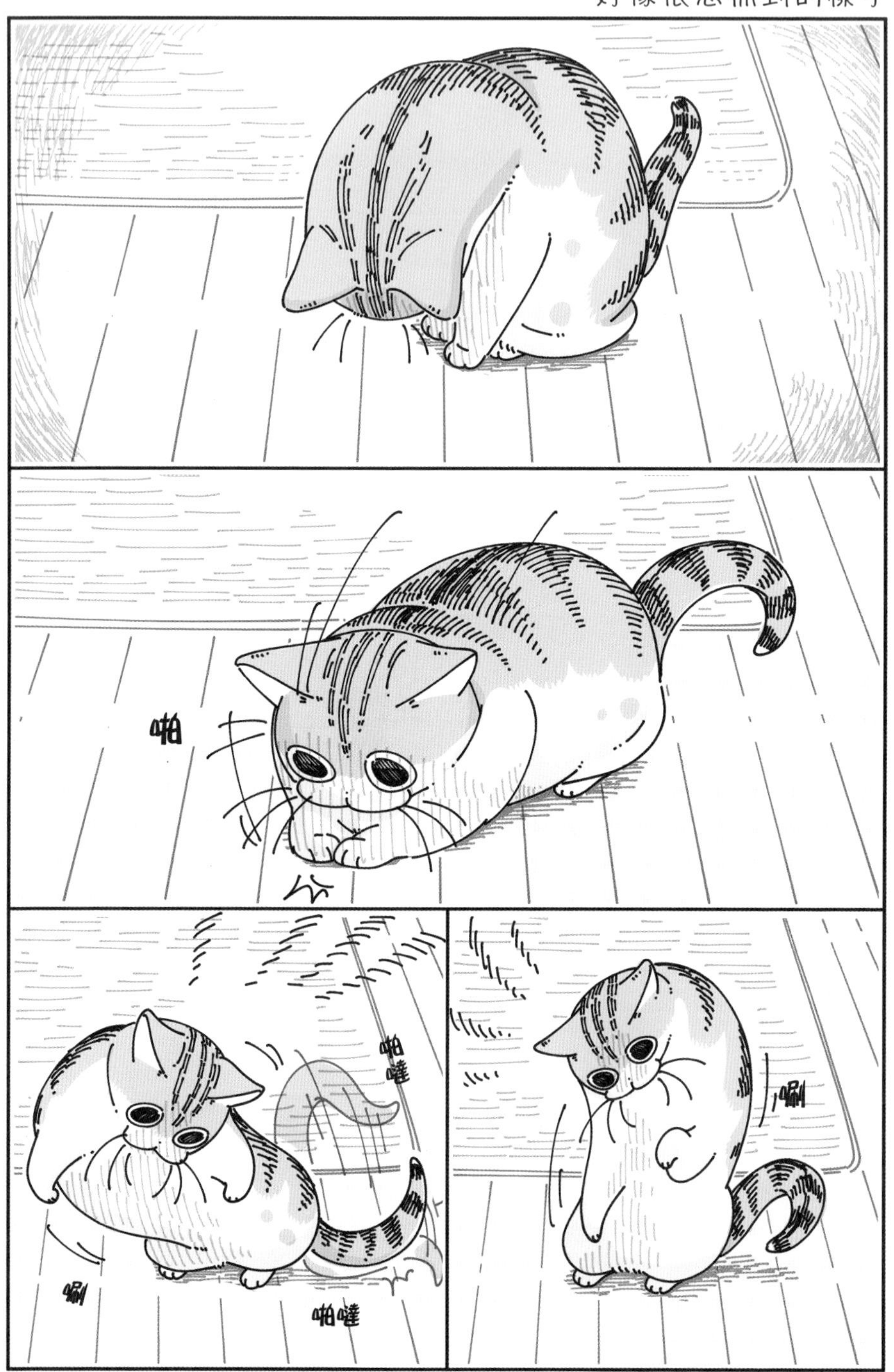

啪
啪
牠好像正在抓什麼東西的樣子。
是小蟲嗎？
還是貓砂？
※地板的污漬
啪
啪

這個是拆不到的唷～
擦拭
擦拭
唰
咕嚕加在那之後還是繼續凝視了一陣子原本有污漬的地方。
感覺我好像做了對不起牠的事。

今晚有貓伴身邊

3

YORU HA NEKO TO ISSHO

KYURYU Z

首刷限定特製貼紙

尖端

呼～
呼～
呼～
戳
……蛤？

戳
戳
牠想要叫我起床。
翻身
不要弄啦~
盯
很想叫我起床的眼神。

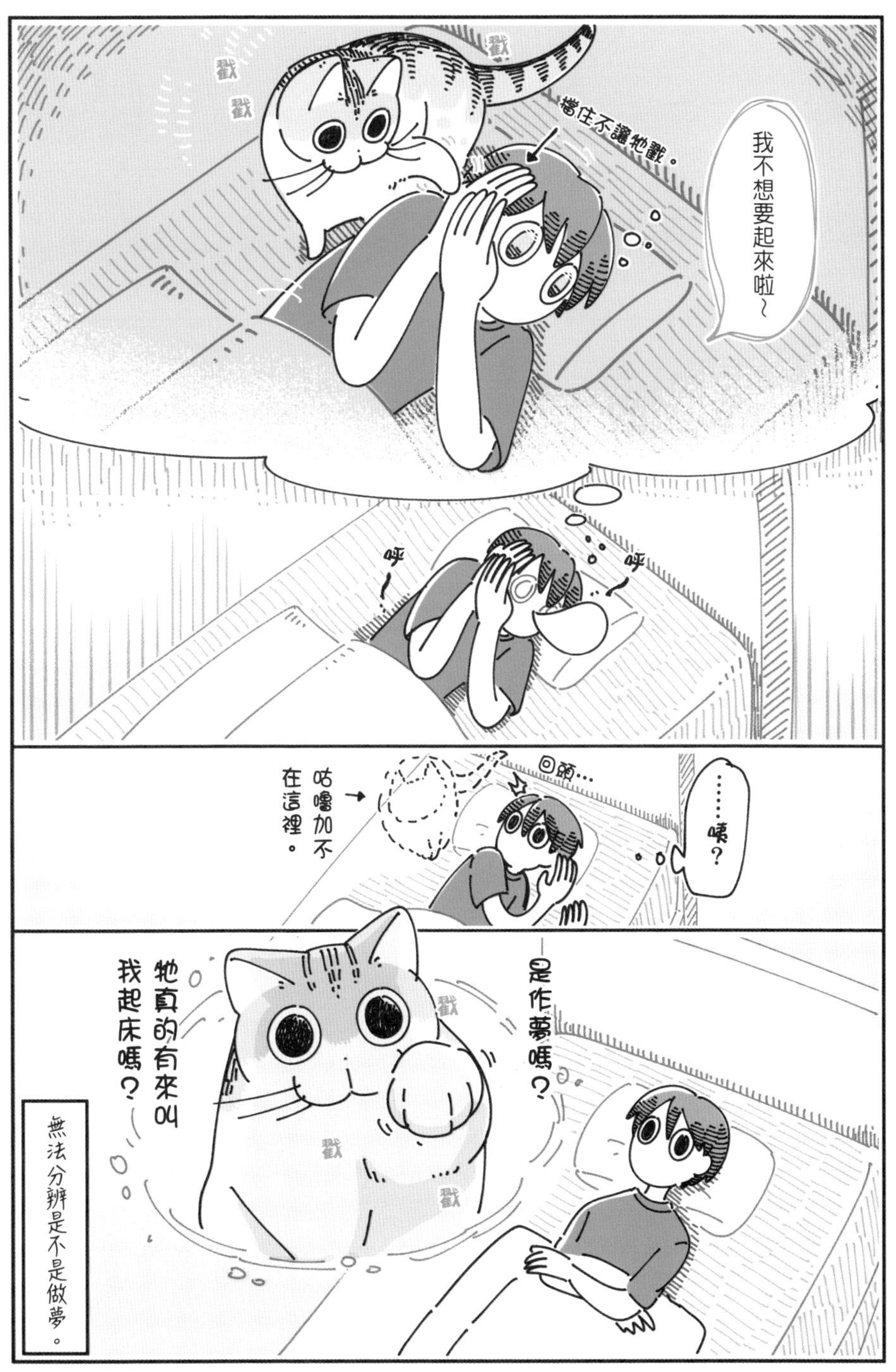
我不想要起來啦~
擋住不讓牠戳。
戳
戳
戳
呼~
呼~
……咦？
回頭…
咕嚕加不在這裡。
是作夢嗎？
牠真的有來叫我起床嗎？
戳
戳
戳
無法分辨是不是做夢。

躍
哇嚕嚕嚕嚕嚕嚕嚕
咚
咚
咚
咚…
啊，牠要使出妨礙攻擊了嗎？
※妨礙攻擊
倒臥
輕晃
今天沒有打算妨礙，只是看著我而已嗎？
輕晃
輕晃

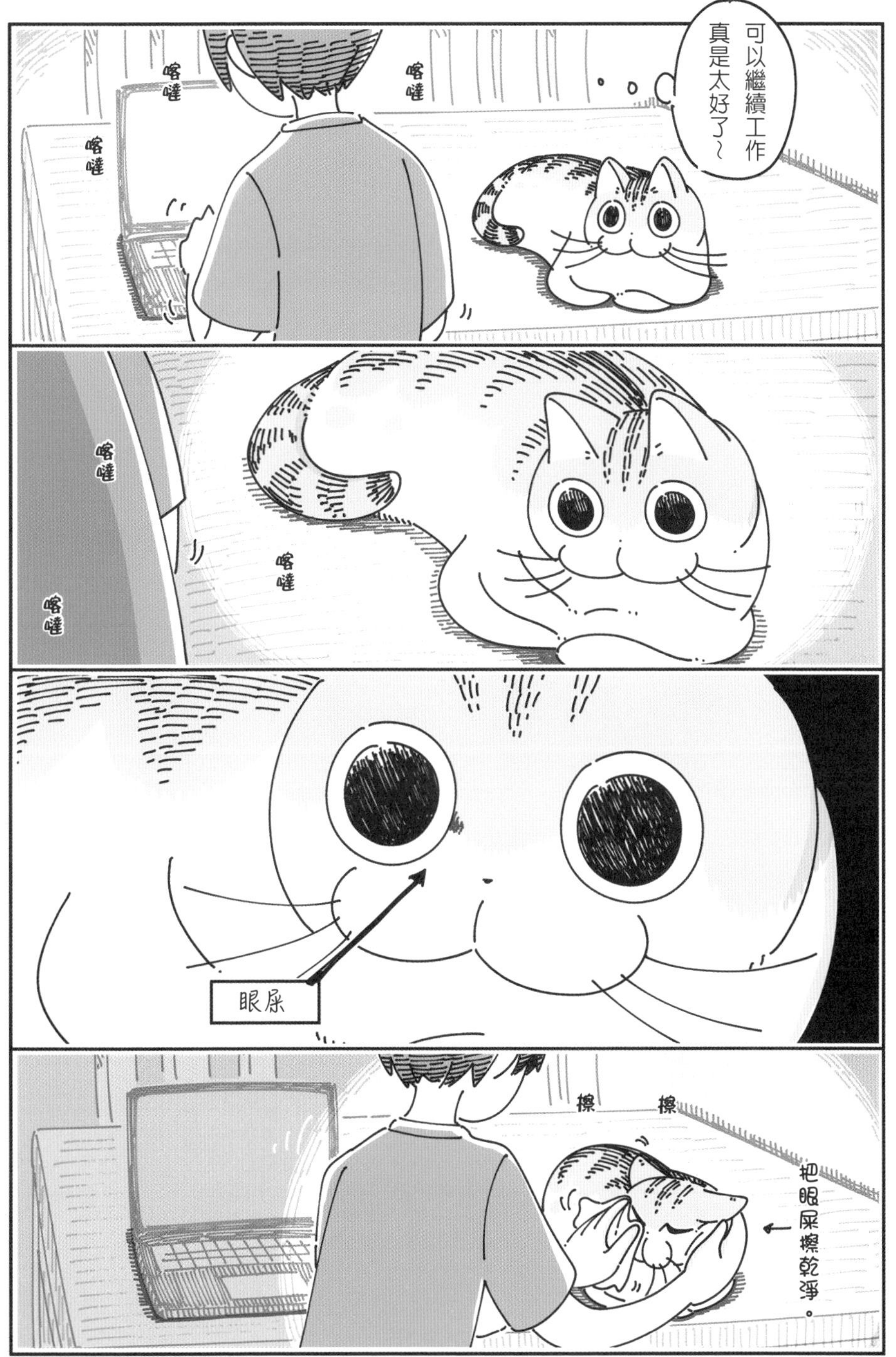
喀噠
喀噠
喀噠
可以繼續工作真是太好了~
喀噠
喀噠
喀噠
眼屎
擦
擦
把眼屎擦乾淨。

喀噠
喀噠
喀噠
甩甩
甩甩
輕晃
輕晃
掏
掏
掏……
牠好像有點癢，
清一下耳朵好了。
擦
擦
雖然牠沒有來妨礙我，
但就忍不住會將注意力
放在牠身上。

換床單都會來湊熱鬧的貓

閃閃
發亮
跳回去
抓出來

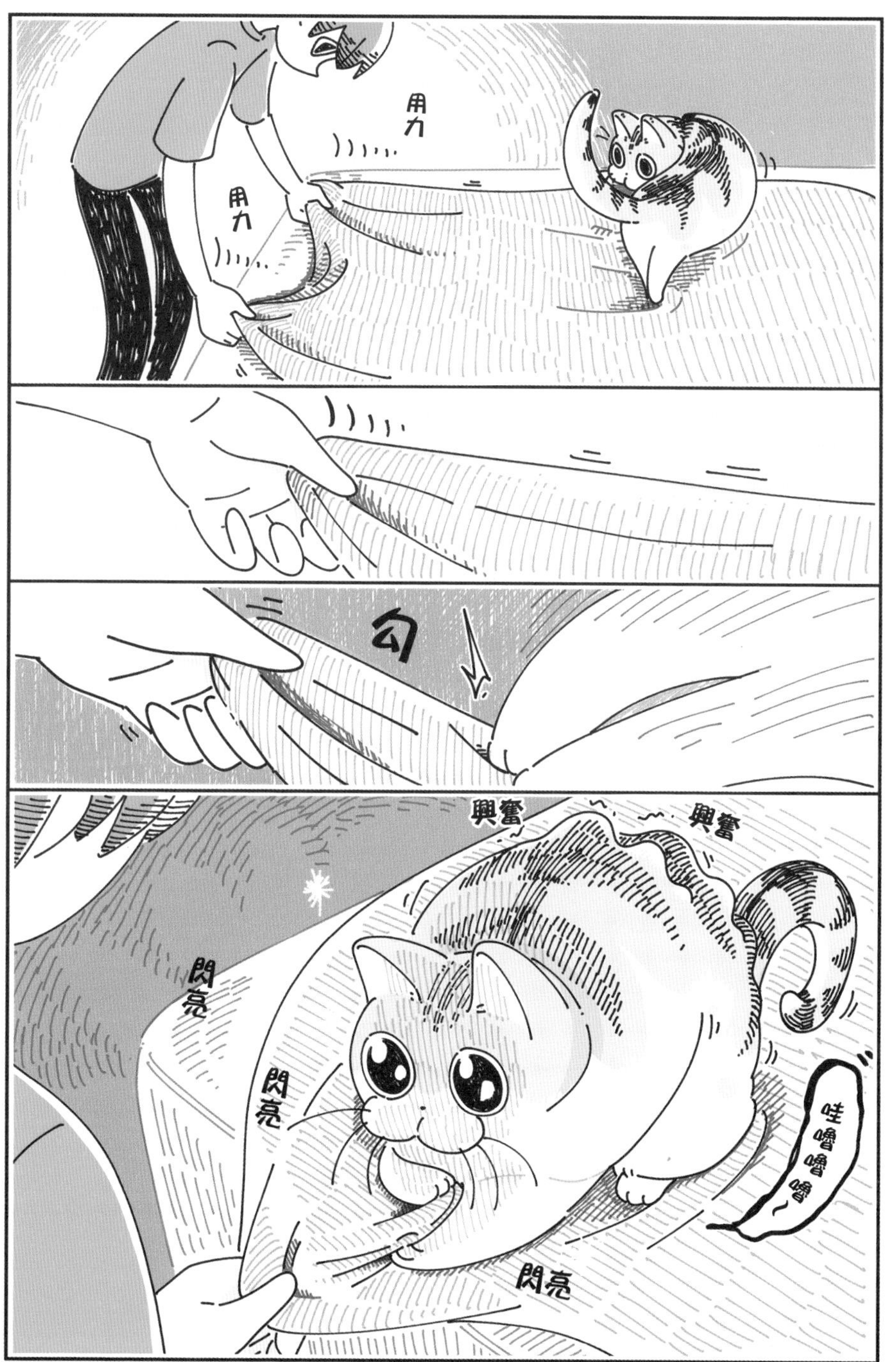
用力
用力
勾
興奮
興奮
閃亮
閃亮
閃亮
哇嚕嚕嚕～

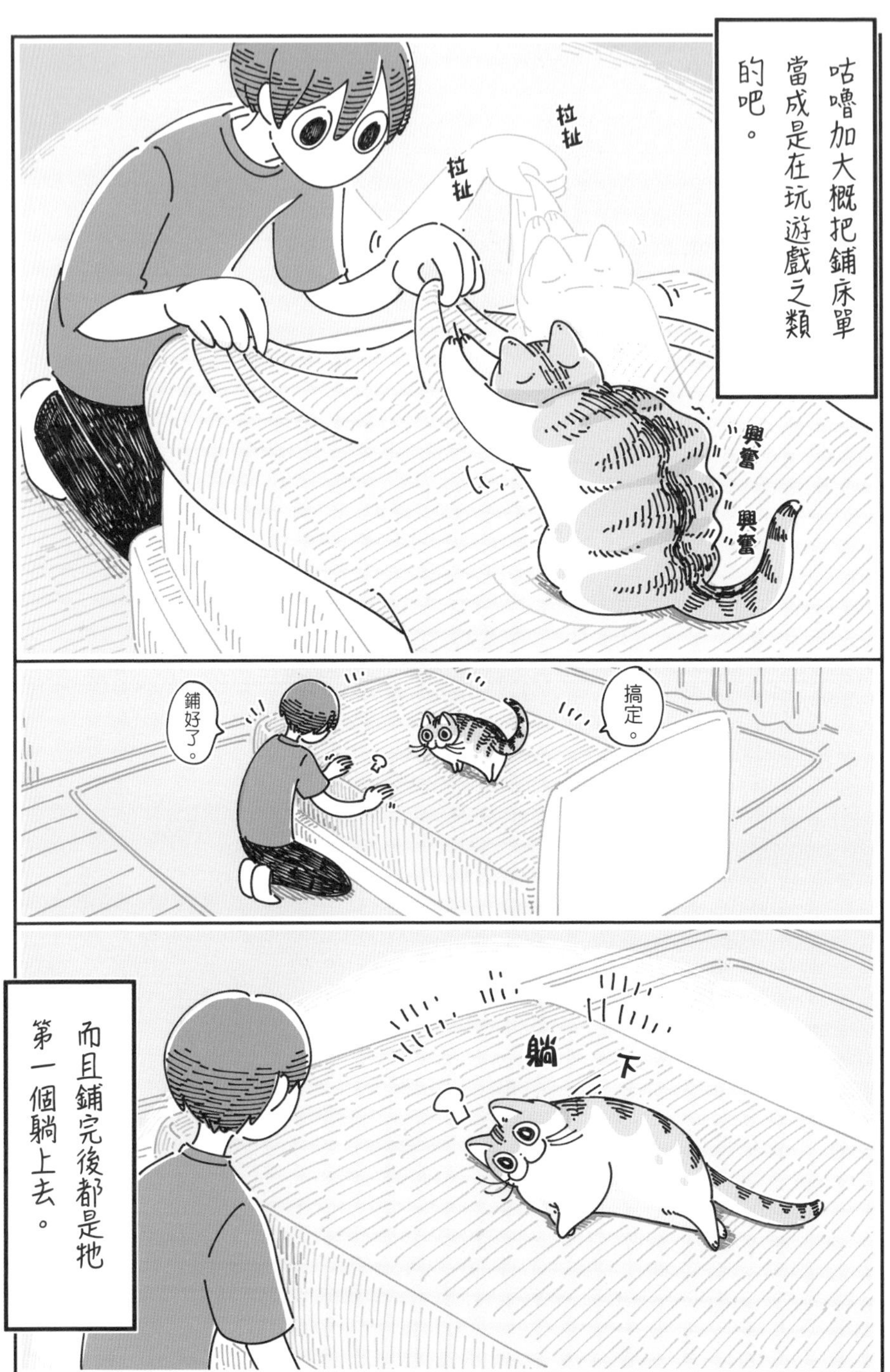
咕嚕加大概把鋪床單當成是在玩遊戲之類的吧。
拉扯
拉扯
興奮
興奮
搞定。
鋪好了。
而且鋪完後都是牠第一個躺上去。
躺
下

咚
咚
咚
咚
咚
鑽
進
等一下喔——
我就快要，把這邊看完了。

唰唰
唰唰
唰唰
唰唰
唰唰
唰唰
咬住…
唰唰
唰唰
唰唰
唰唰
咬…住…
咕嚕加在對我的
下巴理毛時，
偶爾會輕輕咬
我一下。

興奮
興奮

咕嚕加與訪客

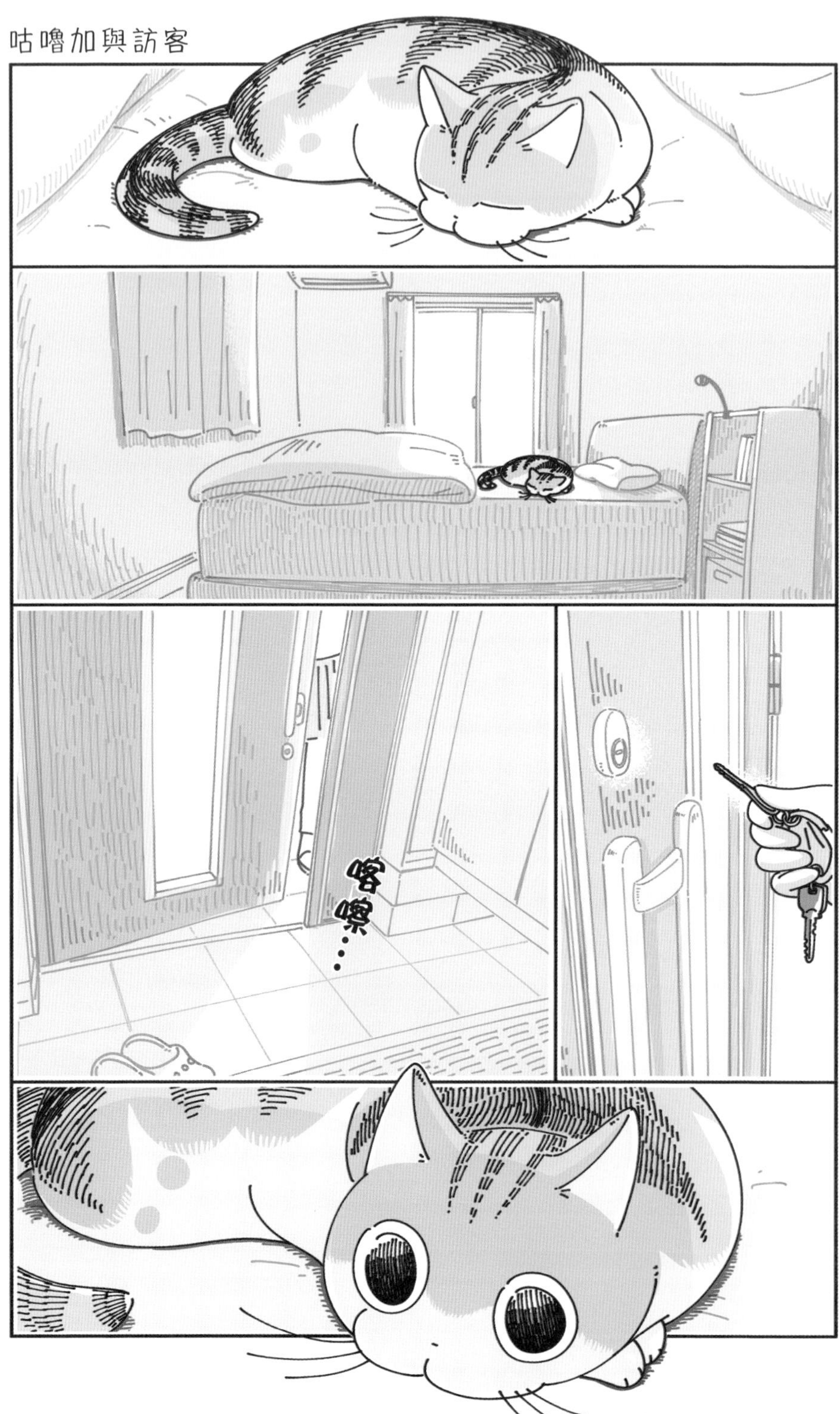

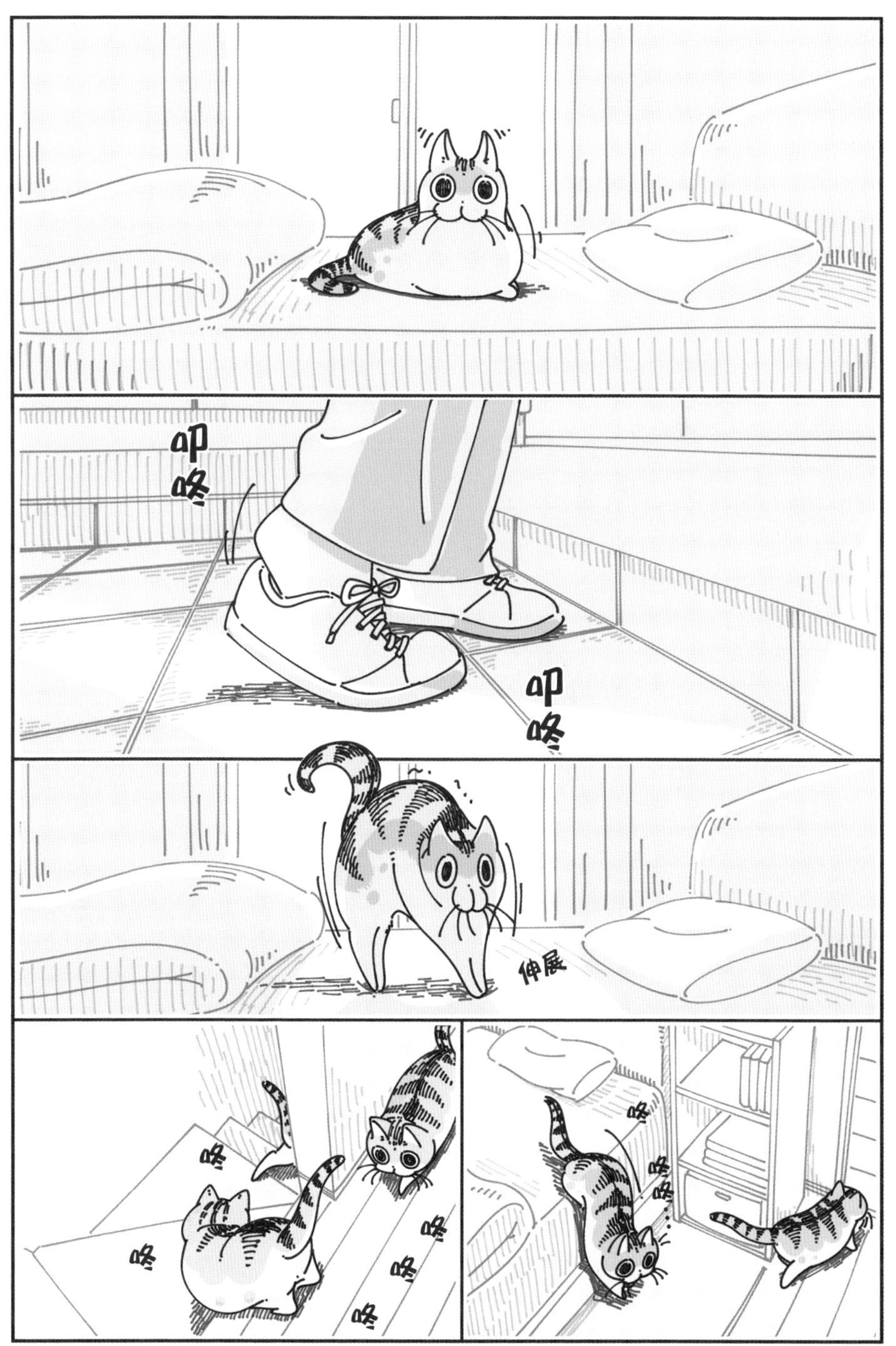
叩咚
叩咚
伸展
咚
咚
咚
咚
咚
咚
咚
咚
咚

咚
咚
咚
咚
喀
嚓…
咚
咚
咚
咚
我回來了，咕嚕加。

今天有客人來家裡唷～
唰

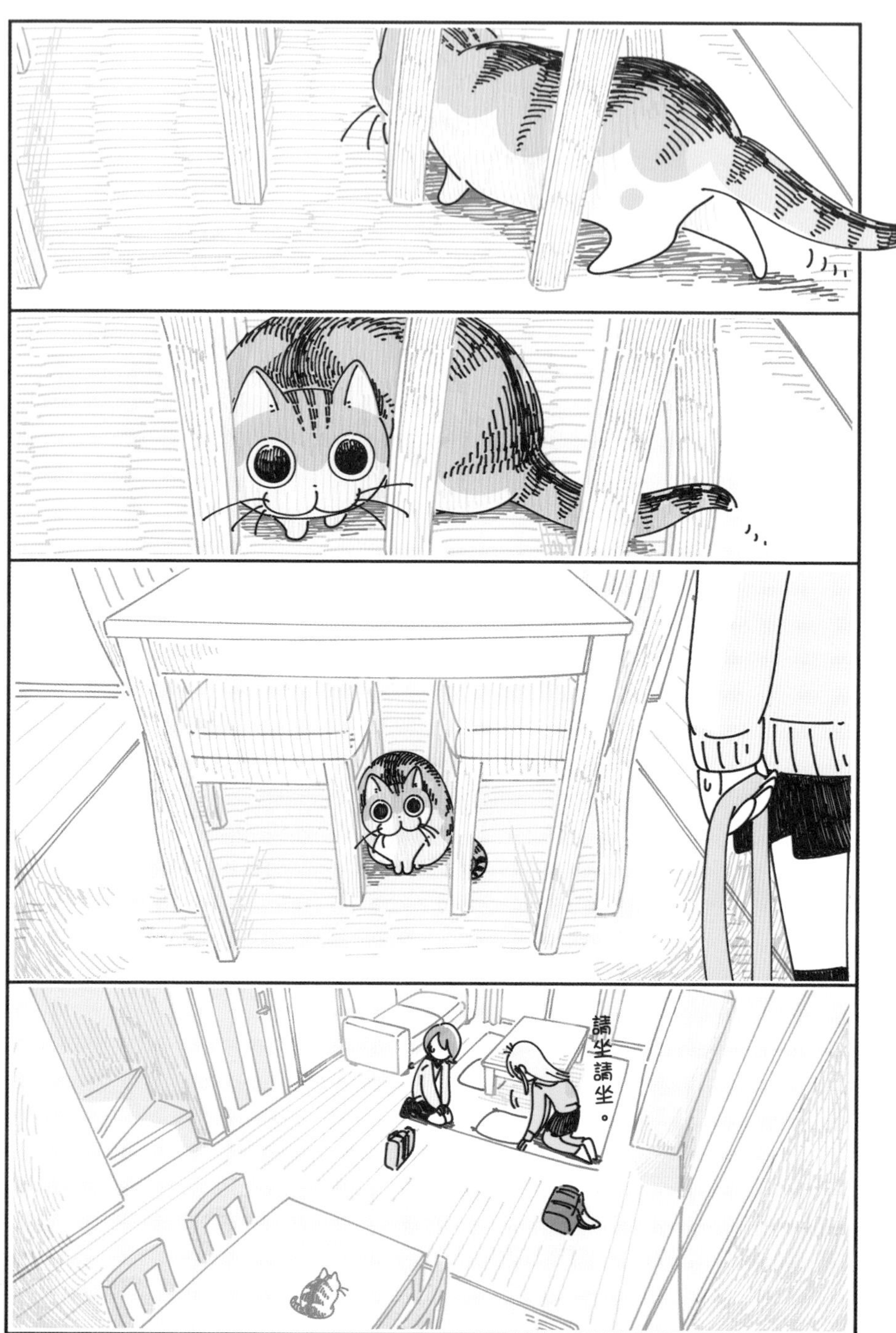
請坐請坐。

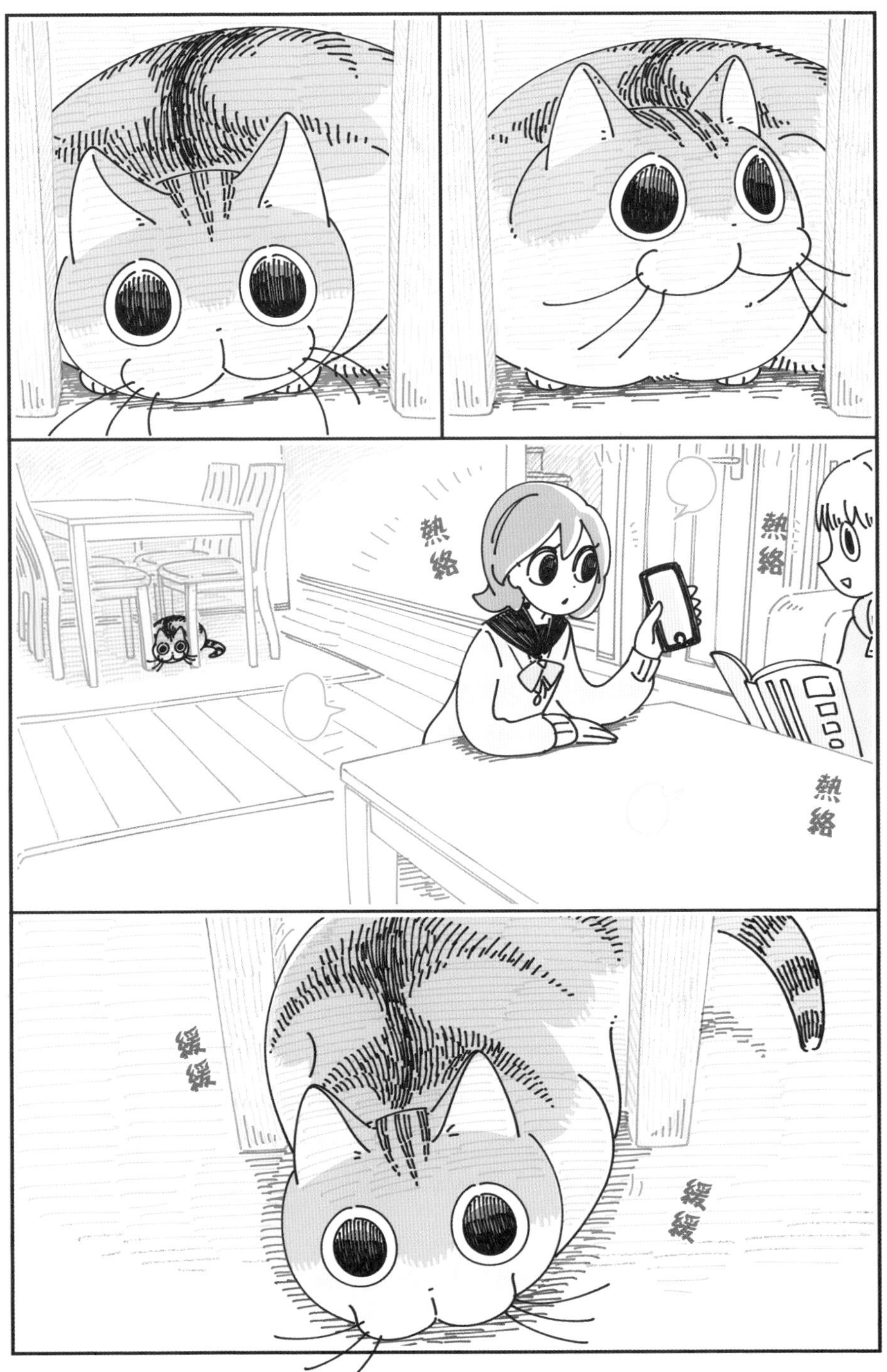
熱絡
熱絡
熱絡
緩緩
緩緩

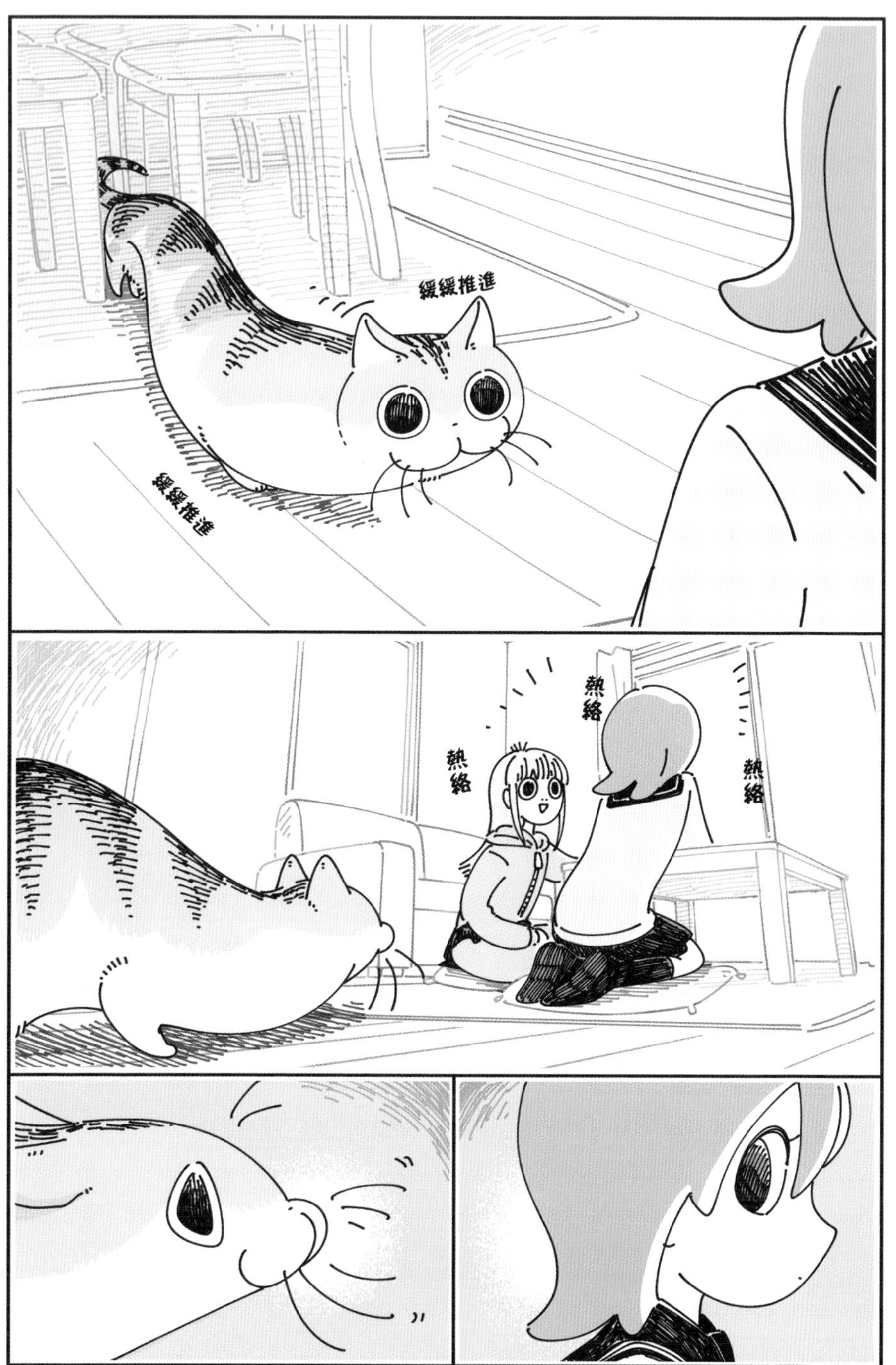
緩緩推進
緩緩推進
熱絡
熱絡
熱絡

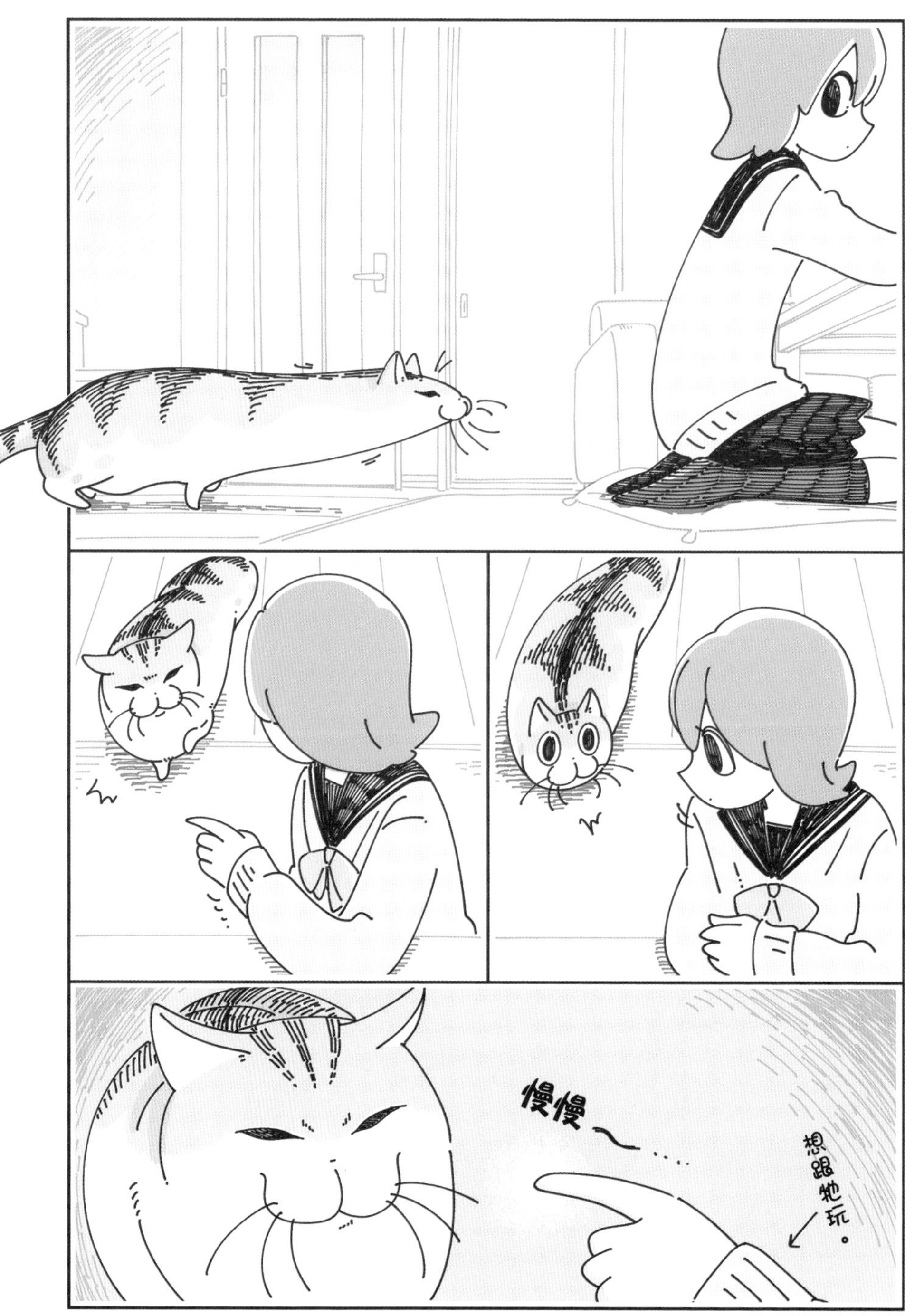

慢慢～……
想跟牠玩。

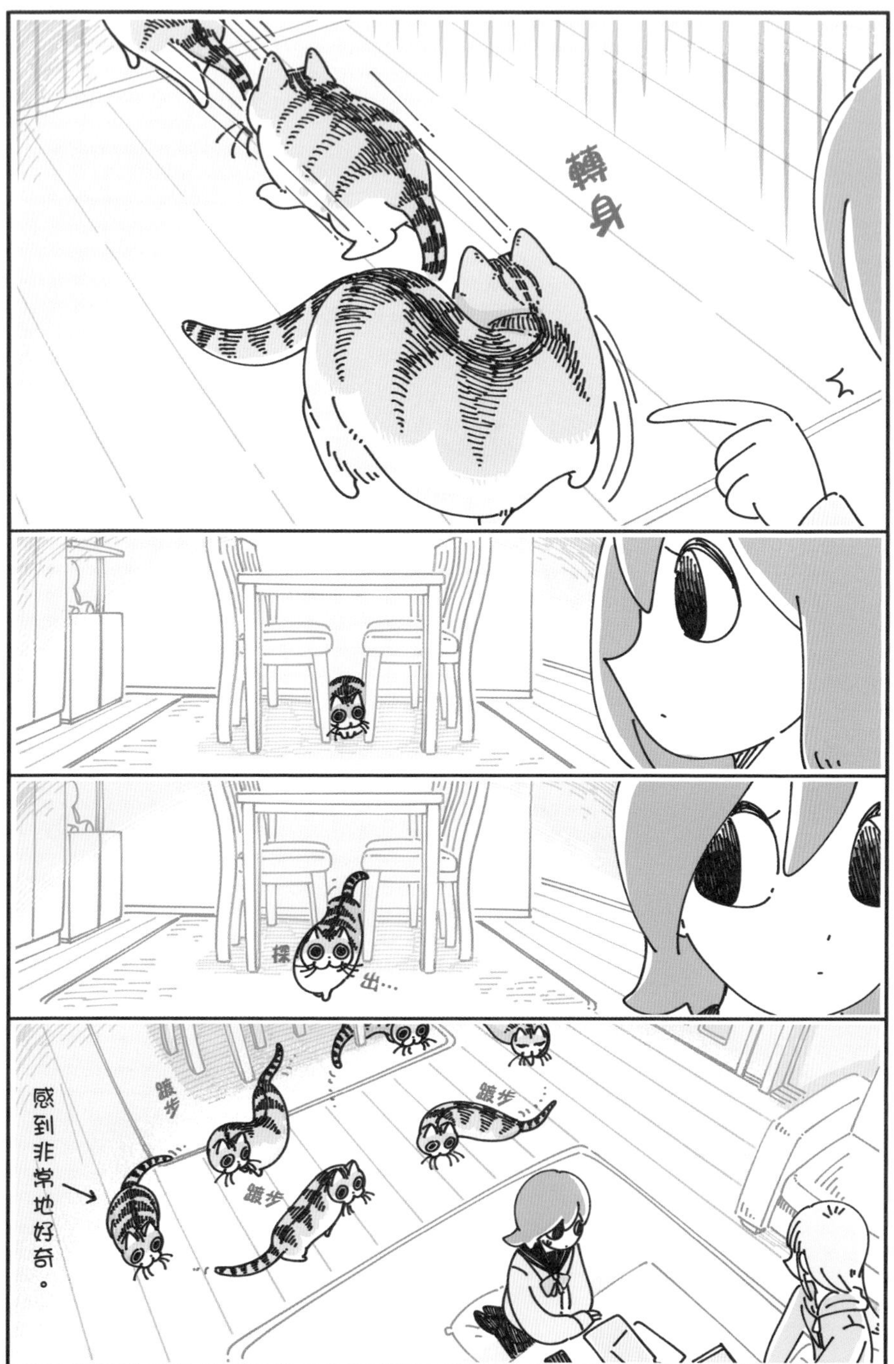
轉身
探
出…
踱步
踱步
踱步
感到非常地好奇。

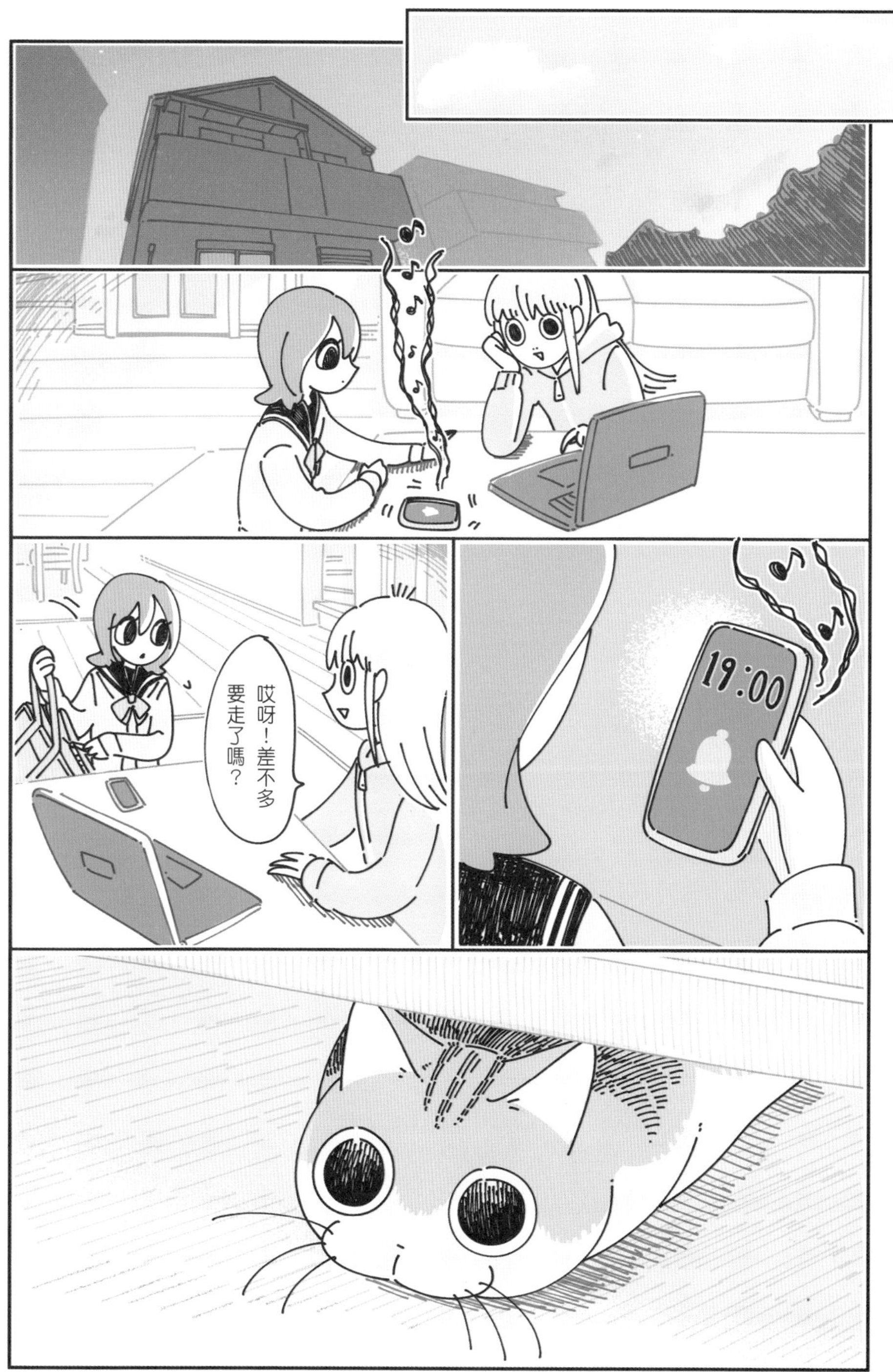
哎呀！差不多要走了嗎？
19:00

不知不覺中已經靠得很近。
整理
整理
慢慢……

聞
聞
會對初次見到的訪客抱著超慎重態度的咕嚕加。
終
於
聞
聞
最後逼近對方的速度有點令人措手不及。
突然零距離靠超近。

新的貓抓板

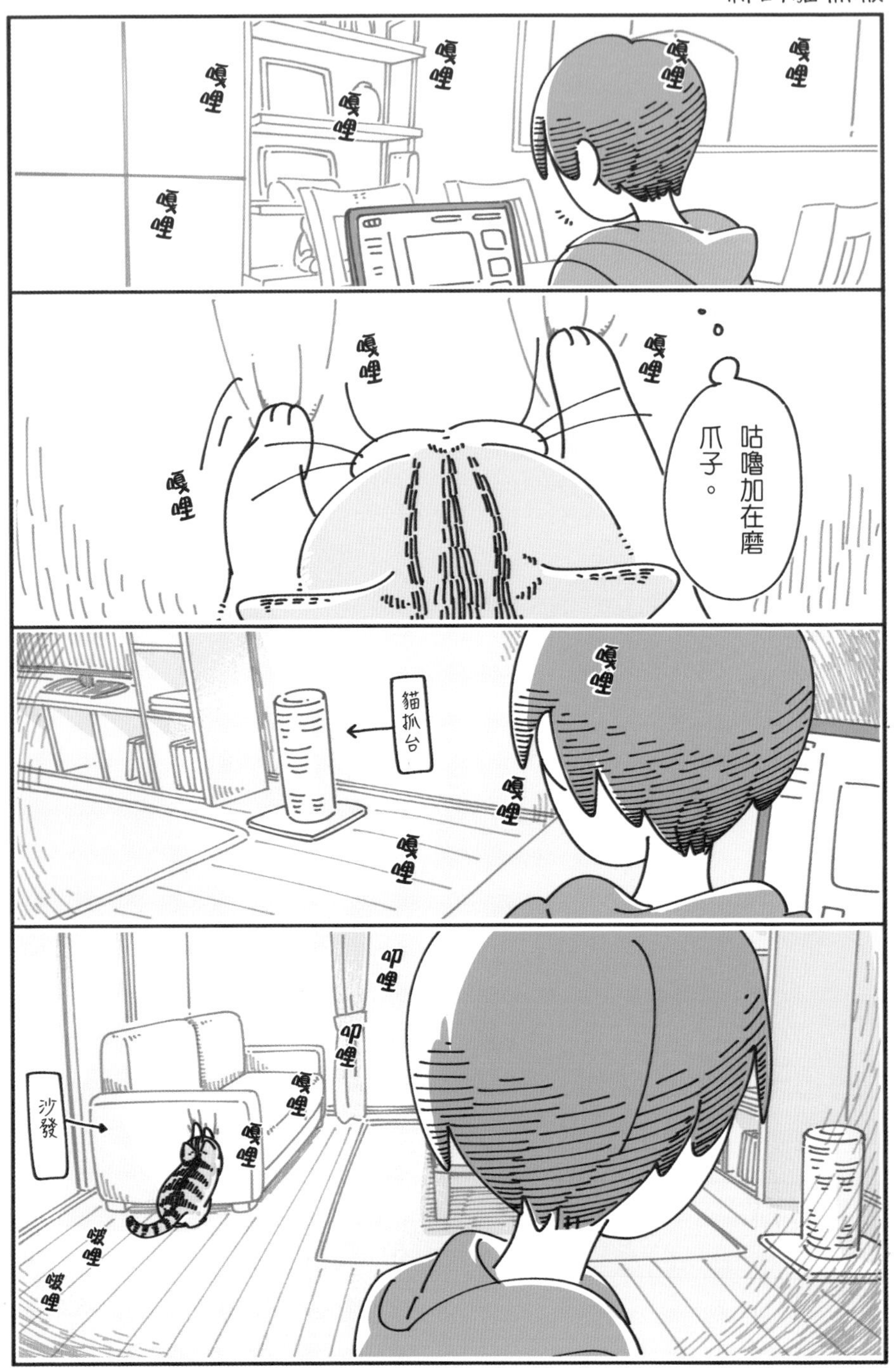

抱開
嗚嗚嗚
喂喂喂——
這裡不行唷！
貓抓台在
這裡呀！
這裡。
……
嘎哩
嘎哩
嘎哩
出聲引誘牠。

緩緩
緩緩
輕觸
啵哩

咦，抓完了嗎？
轉頭
最近牠好像不太愛用這個貓抓板。
啪哩 啪哩 啪哩
喂喂喂！
結果還是回去用沙發磨爪子。
叩哩 叩哩

幾天後。
瓦楞紙貓抓板
喀
咚…
我買了新的貓抓板回來唷！

你看！
喀哩喀哩⋯
像這樣玩。
嗅
嗅
嗅
聞
嗅
嗅
聞
嗅
聞
好像很快就引起牠的興趣了。

聞聞…
聞聞…
…喀…
喀嚓喀嚓喀嚓…
咬得好激動。
啪嚓啪嚓啪嚓
咔哩
咔哩
咔哩…

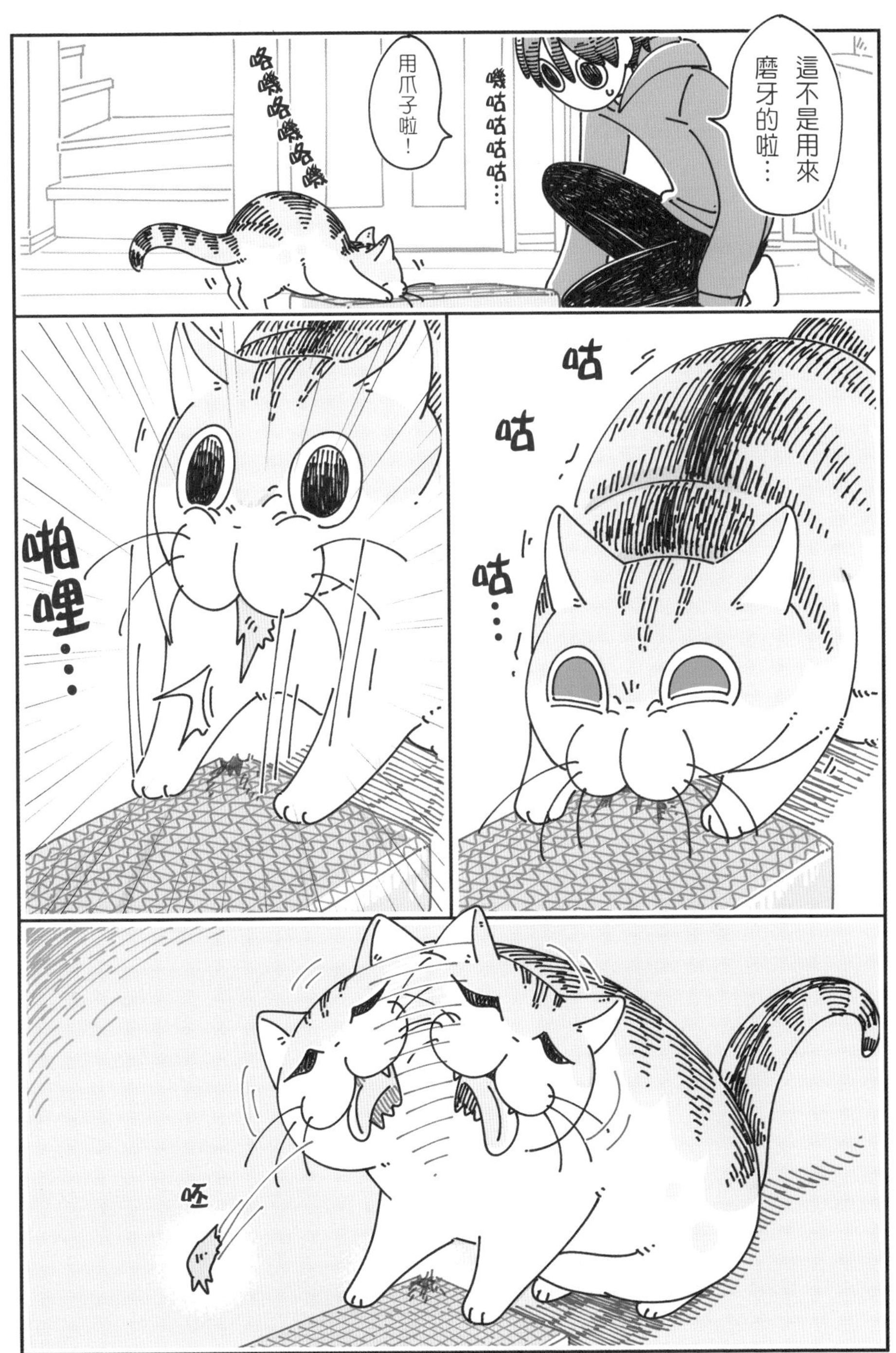
這不是用來磨牙的啦…
嘰咕咕咕咕…
用爪子啦！
咯嚓咯嚓咯嚓
咕
咕
咕…
啪哩…
呸

啪嚓
啪嚓
咥
咥
咥
咥
甩頭
甩頭
咥
咥
STOP!

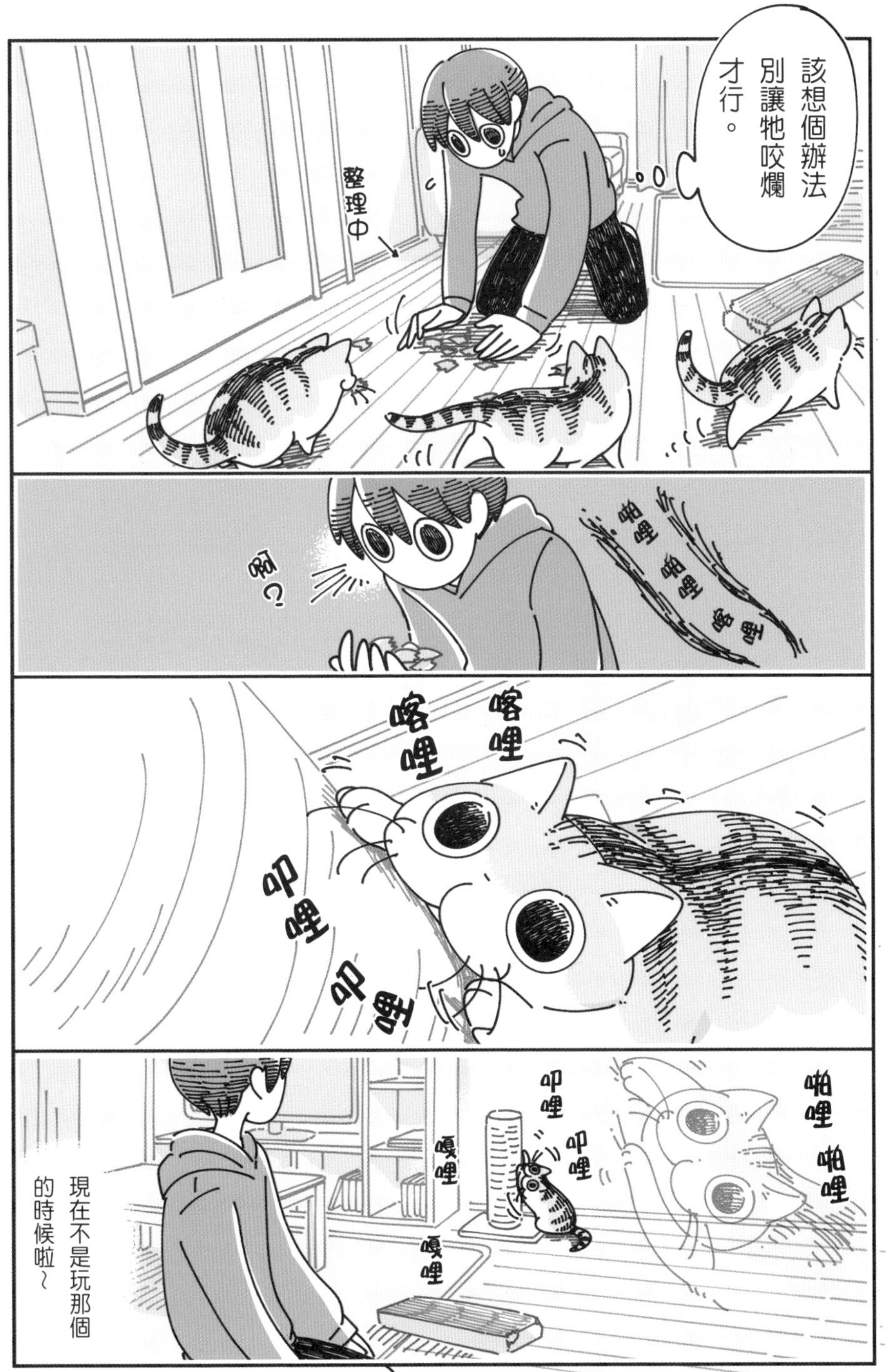
該想個辦法別讓牠咬爛才行。
整理中
啪哩
啪哩
喀哩
啊?
喀哩
喀哩
叩哩
叩哩
啪哩
啪哩
叩哩
叩哩
嘎哩
嘎哩
現在不是玩那個的時候啦～

木天蓼
都忘了這個。
貓抓板附送的木天蓼粉末。
木天蓼
瓦楞貓抓板
附贈 木天蓼
專注
先用一點點來試看看好了……
撕開……

激動
已經開始對木天蓼有反應了嗎？
聞聞
聞聞
好啦好啦。
興奮
興奮
興奮
等一下喔！

這是你第一次
嘗試木天蓼，
興奮
興奮
先一點點
而已喔！
興奮
撕開
撕開
興奮
興奮
撞到
啊

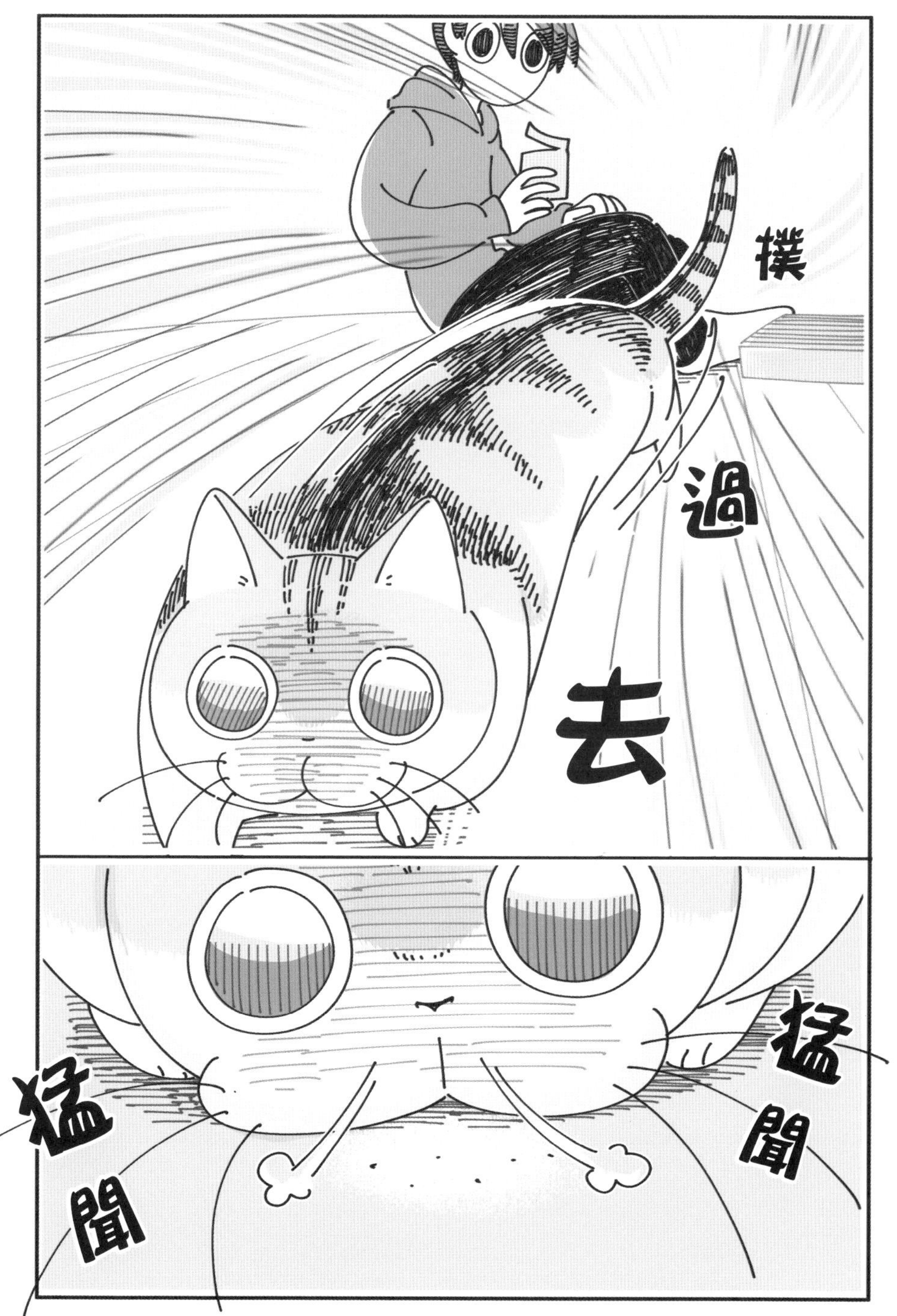
撲
過
去
猛
聞
猛
聞

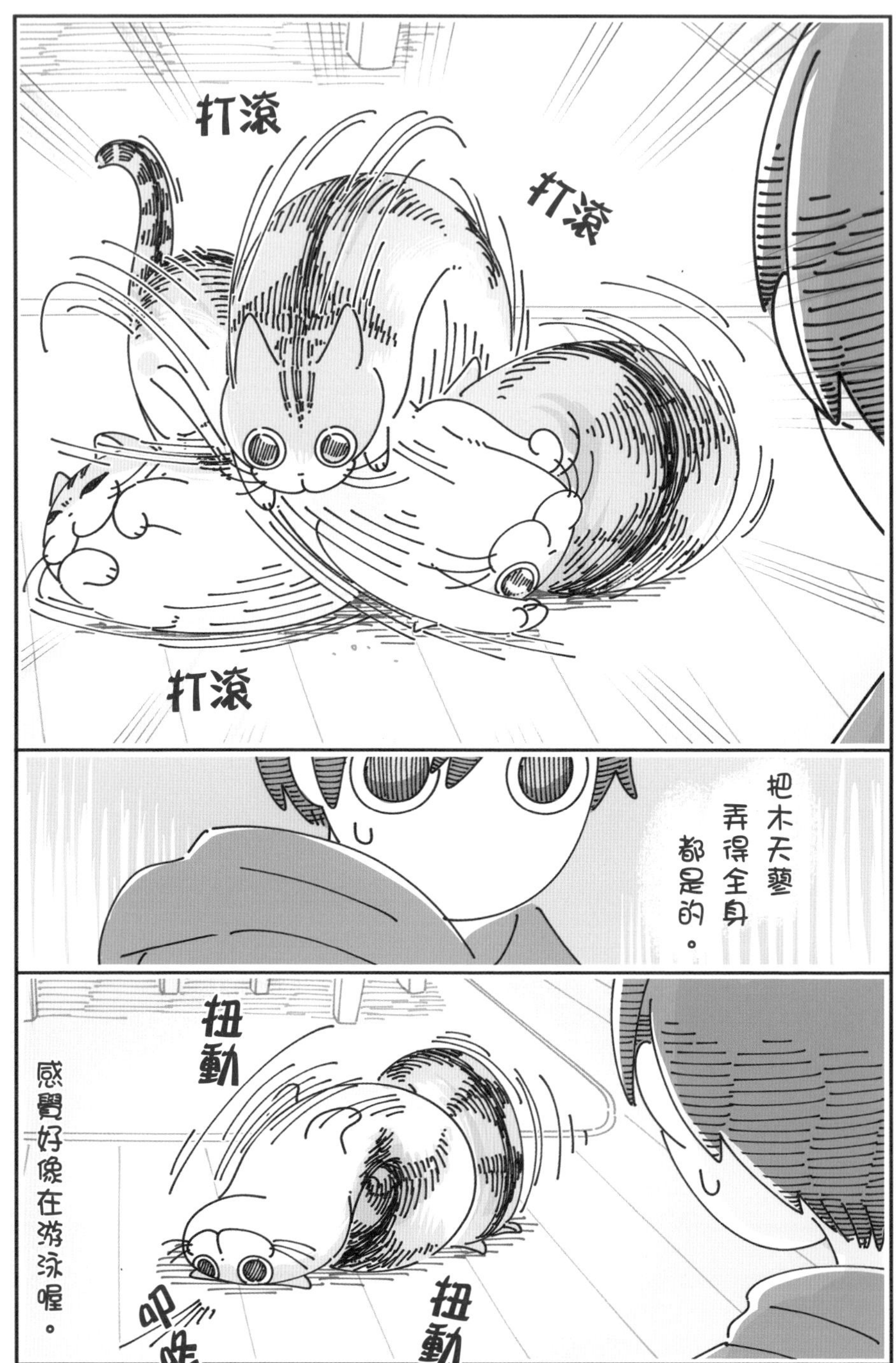

打滾
打滾
打滾
把木天蓼弄得全身都是的。
扭動
扭動
叩咚
感覺好像在游泳喔。

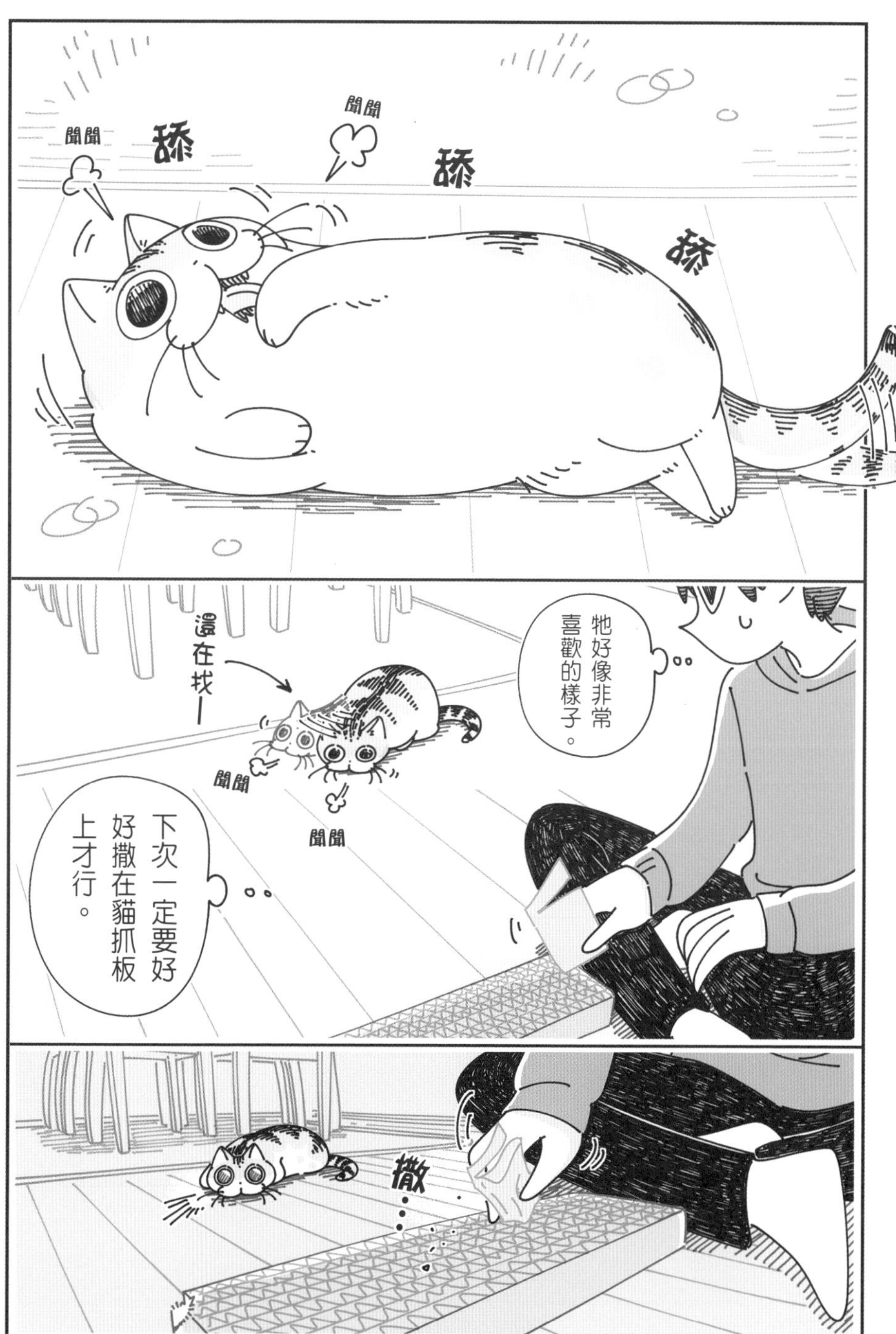

聞聞
舔
聞聞
舔
舔
牠好像非常喜歡的樣子。
還在找—
聞聞
聞聞
下次一定要好好撒在貓抓板上才行。
撒

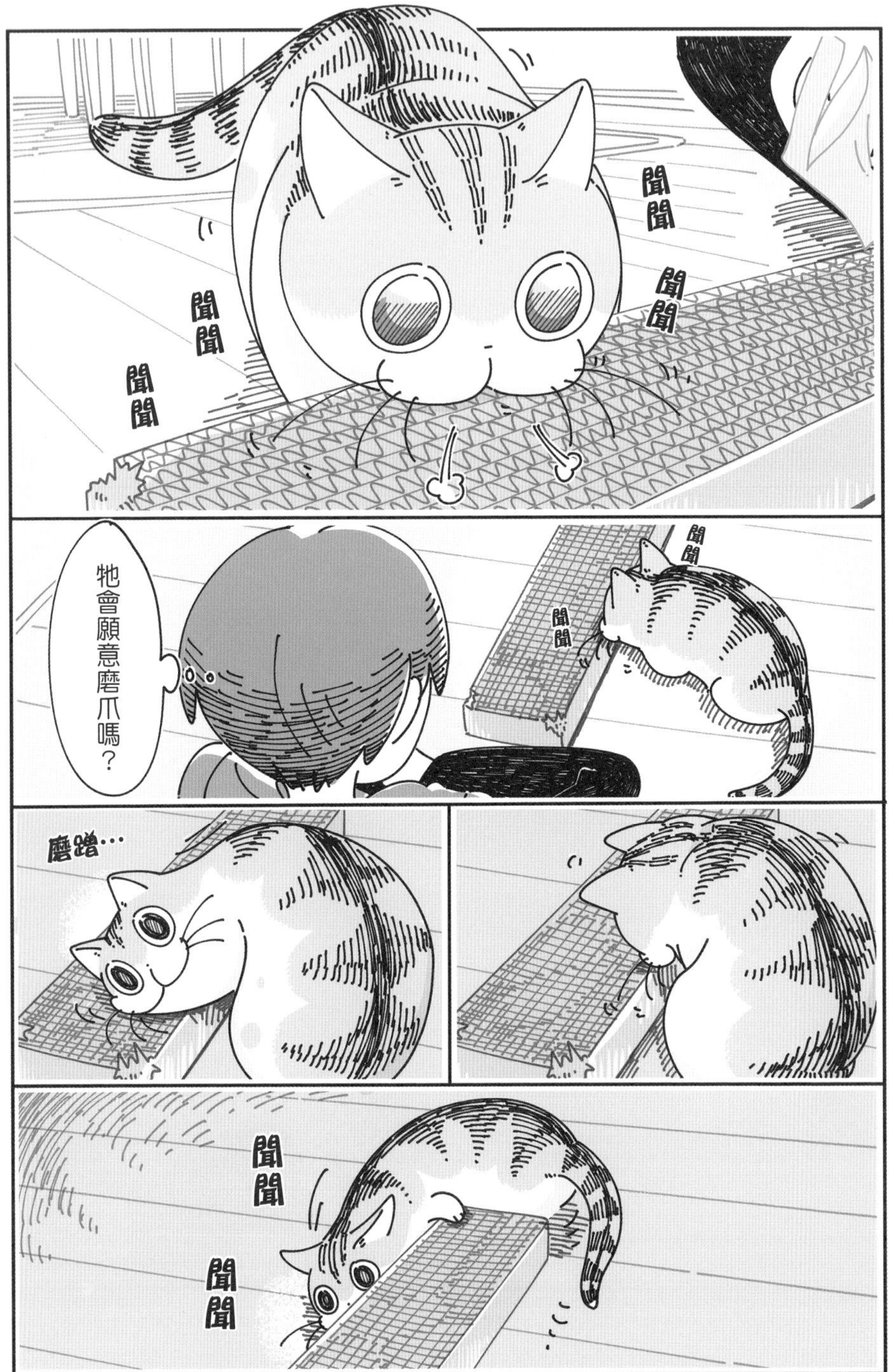
聞聞
聞聞
聞聞
聞聞
聞聞
聞聞
牠會願意磨爪嗎？
磨蹭…
聞聞
聞聞

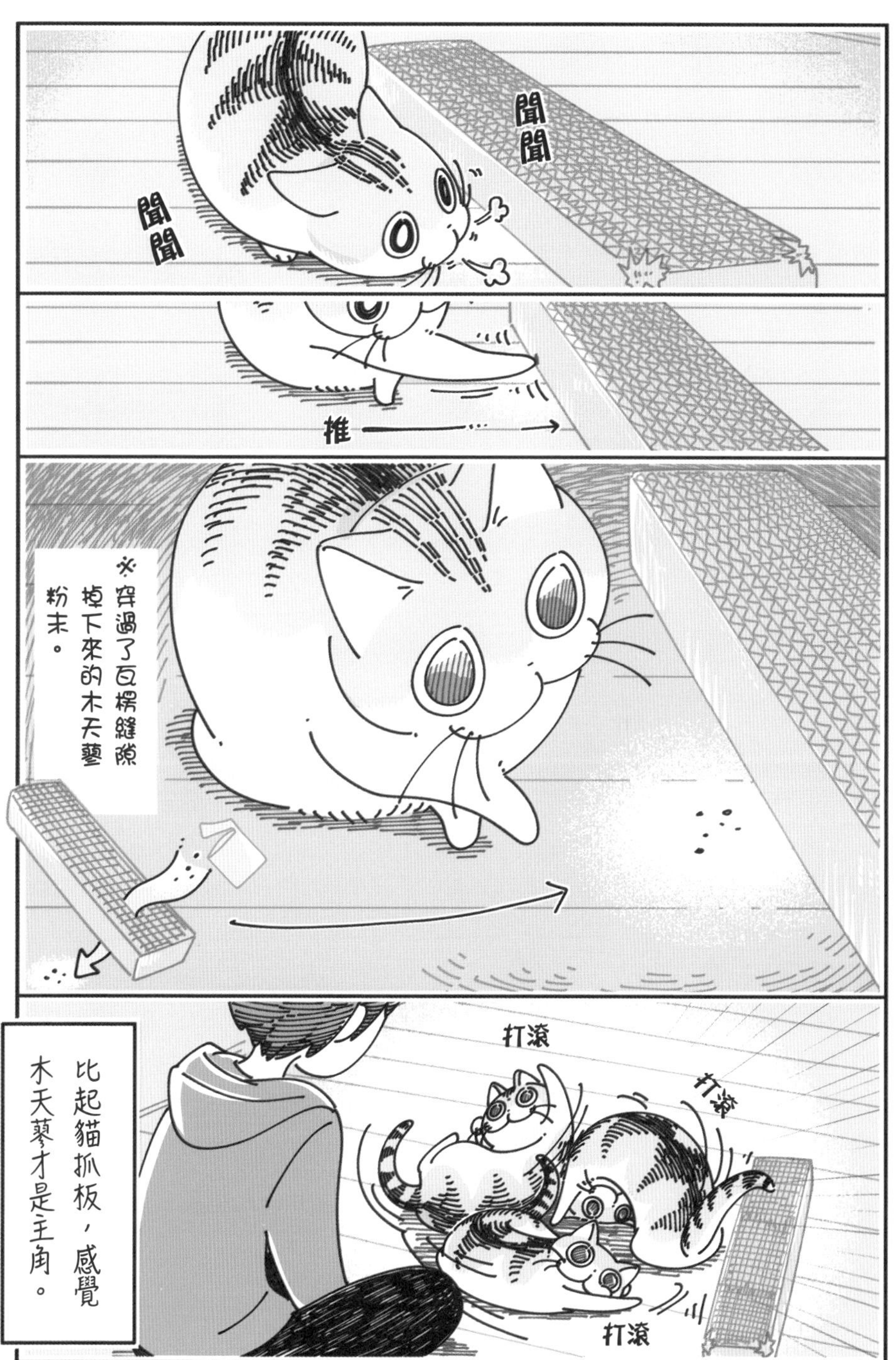
聞聞
聞聞
推
※穿過了瓦楞縫隙掉下來的木天蓼粉末。
比起貓抓板，感覺木天蓼才是主角。
打滾
打滾
打滾

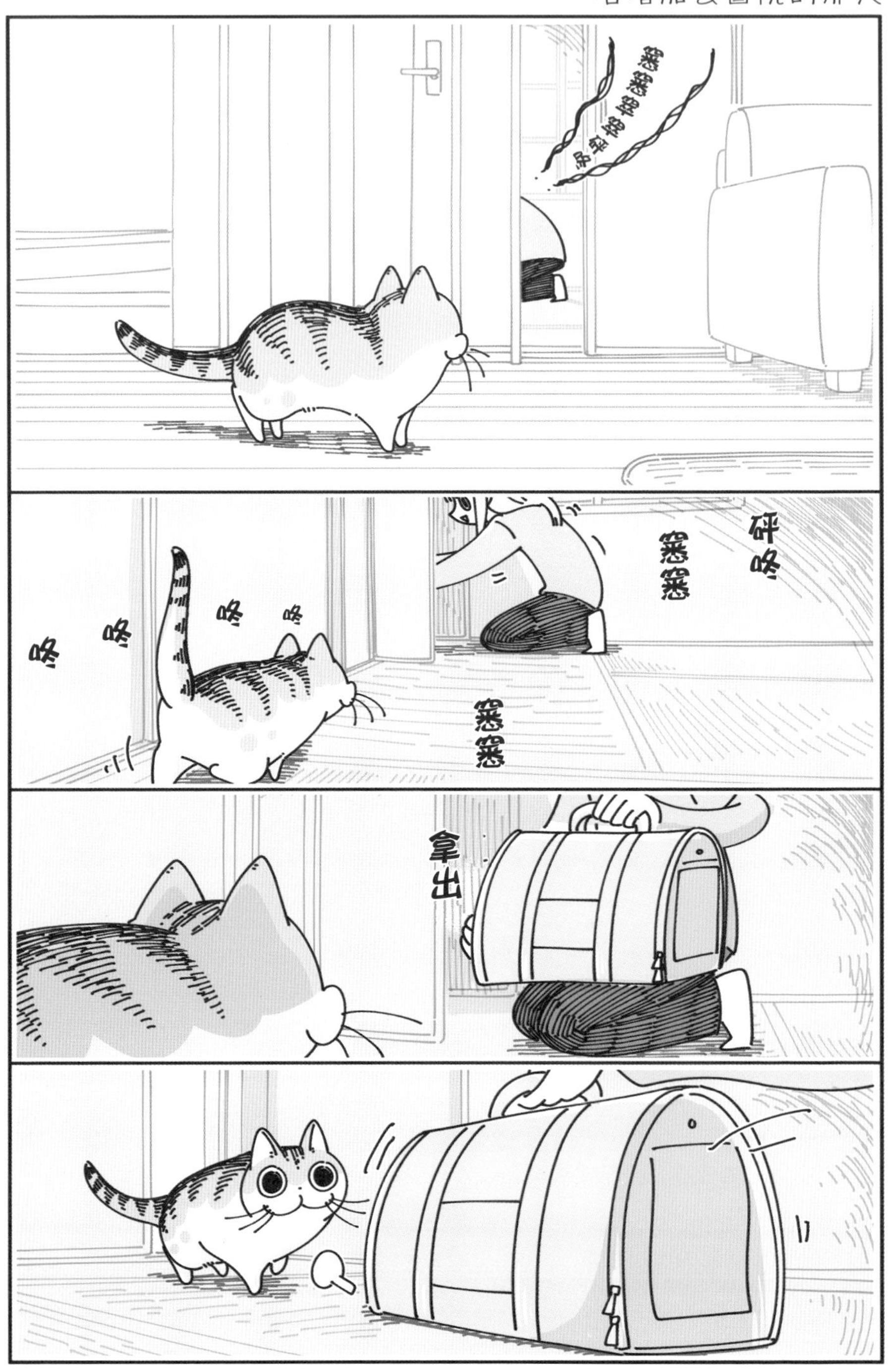
窸窸窣窣
窣窣
窸窸
砰咚
咚
咚
咚
咚
窸窸
拿出

嘿
咻
要出門去健康檢查囉～
躲閃
哎呀呀！
逃
逃亡中
咚 咚 咚 咚 咚 咚 咚

抱
起
抓到了。
踹
踹
踢
踢

扭動
扭動
扭動
好軟喔～
根本就抓不住。
甩來
甩去
趕快、趕快！
甩來
甩去

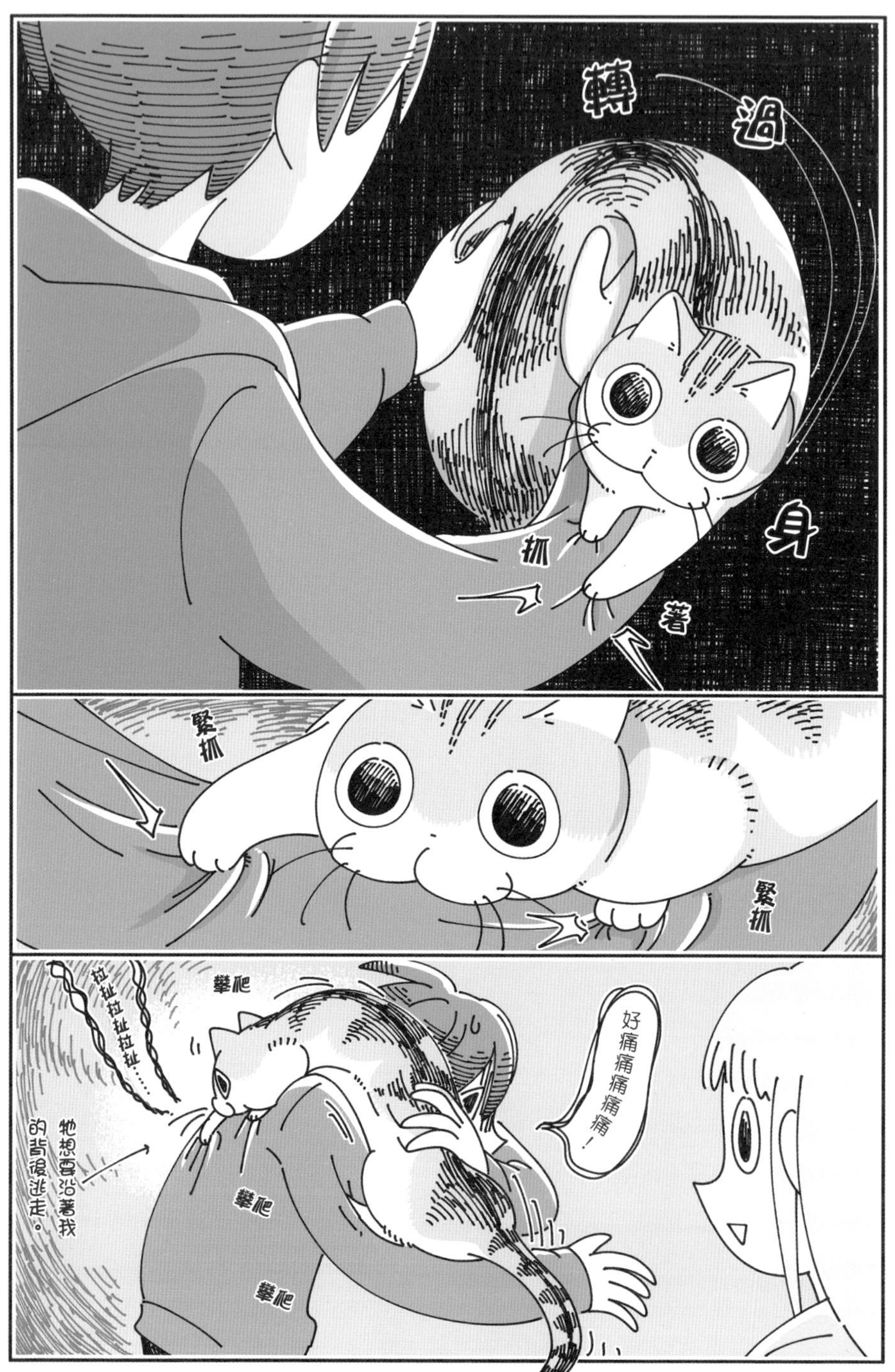

轉
過
身
著
抓
緊抓
緊抓
好痛痛痛痛痛！
攀爬
拉扯拉扯拉扯……
牠想要沿著我的背後逃走。
攀爬
攀爬

拉開
拉開
拉開
拉扯拉扯拉扯
往上扯
拉上
我們出發囉！
路上小心──
嗚啊啊啊～啊
狼狽…
把咕嚕加帶去醫院前才是最辛苦的一段過程。

喀噠
喀噠
喀噠
喀噠
喀噠
喀噠
喀噠…
喀噠
喀噠
喀噠
…對喔，咕嚕加現在不在家。
都忘了牠不在家，忍不住找起牠的身影。

叮咚~
辛苦了~
包裹
撕
撕
撕
本來每次都會上演。
嗅嗅
嗅嗅
聞聞
聞聞
張望
張望
原來咕嚕加不在家，是一件這麼令人感到焦躁的事呀！
焦躁

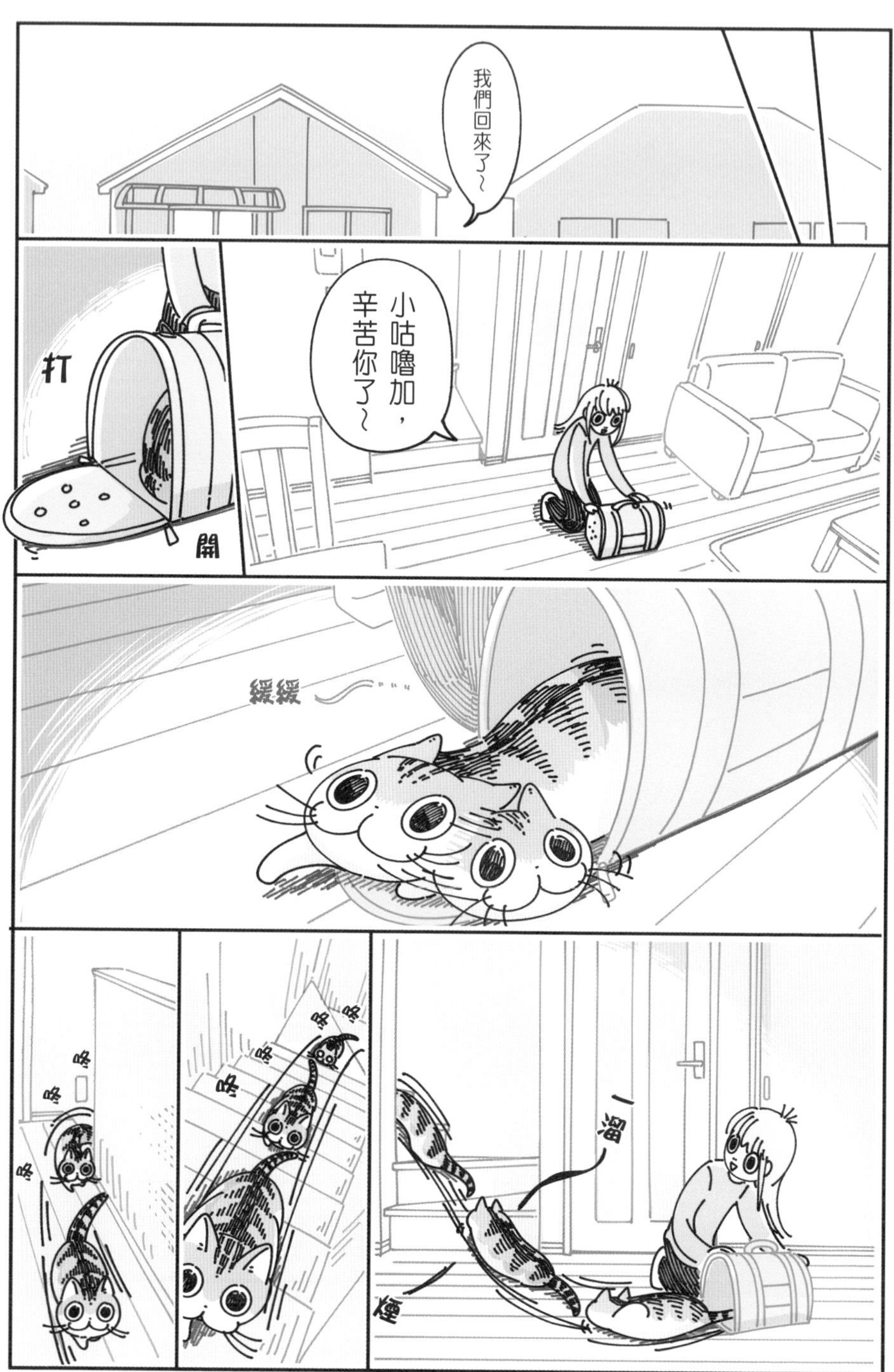

我們回來了～
打
開
小咕嚕加，辛苦你了～
緩緩
咚
咚
咚
咚
咚
咚
咚
一溜
煙

你回來啦，
咕嚕加。
咚…
咚
咚
呼嚕嚕
呼嚕嚕
嚕嚕嚕
躍上
一屁股
呼嚕嚕
那一天，當咕嚕加跑來
妨礙我時，我反倒覺得
特別開心呢！

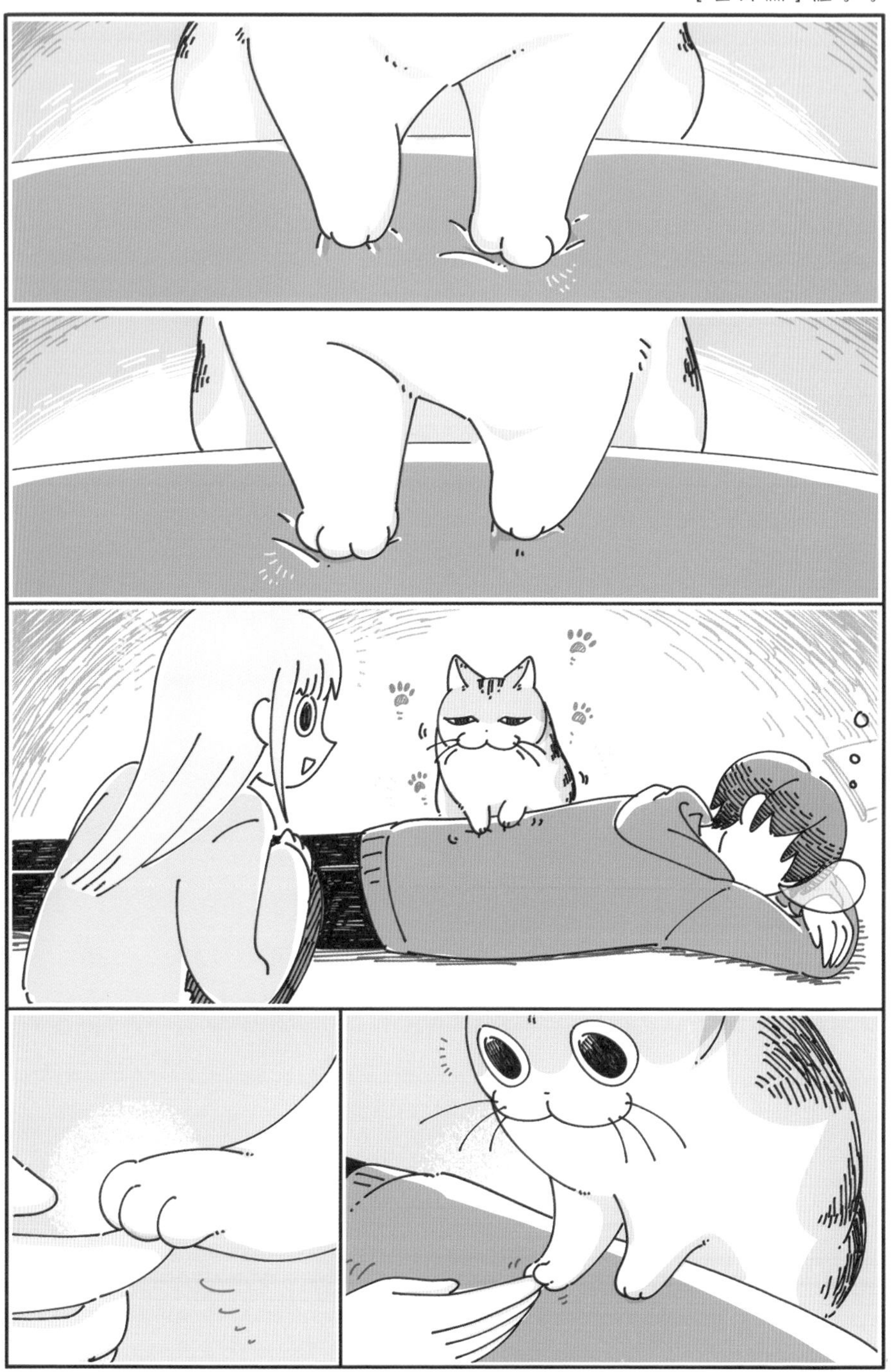

感謝大家閱讀到最後！

作者:咕嚕Z
譯者:林慧雯
責任編輯:蔡亞霖
設計:DIDI
發行人:王榮文
出版發行:遠流出版事業股份有限公司
地址:台北市中山北路一段11號13樓
劃撥帳號:0189456-1
電話:(02) 2571-0297
傳真:(02) 2571-0197
著作權顧問:蕭雄淋律師
2022年10月1日 初版一刷
定價:新台幣320元
缺頁或破損的書,請寄回更換

遠流YLib.com博識網 ISBN:978-957-32-9711-6
http://www.ylib.com E-mail: ylib@ylib.com

YORU HA NEKO TO ISSHO 3